書下ろし

闇奉行 火焔《かえん》の舟

喜安幸夫

祥伝社文庫

目次

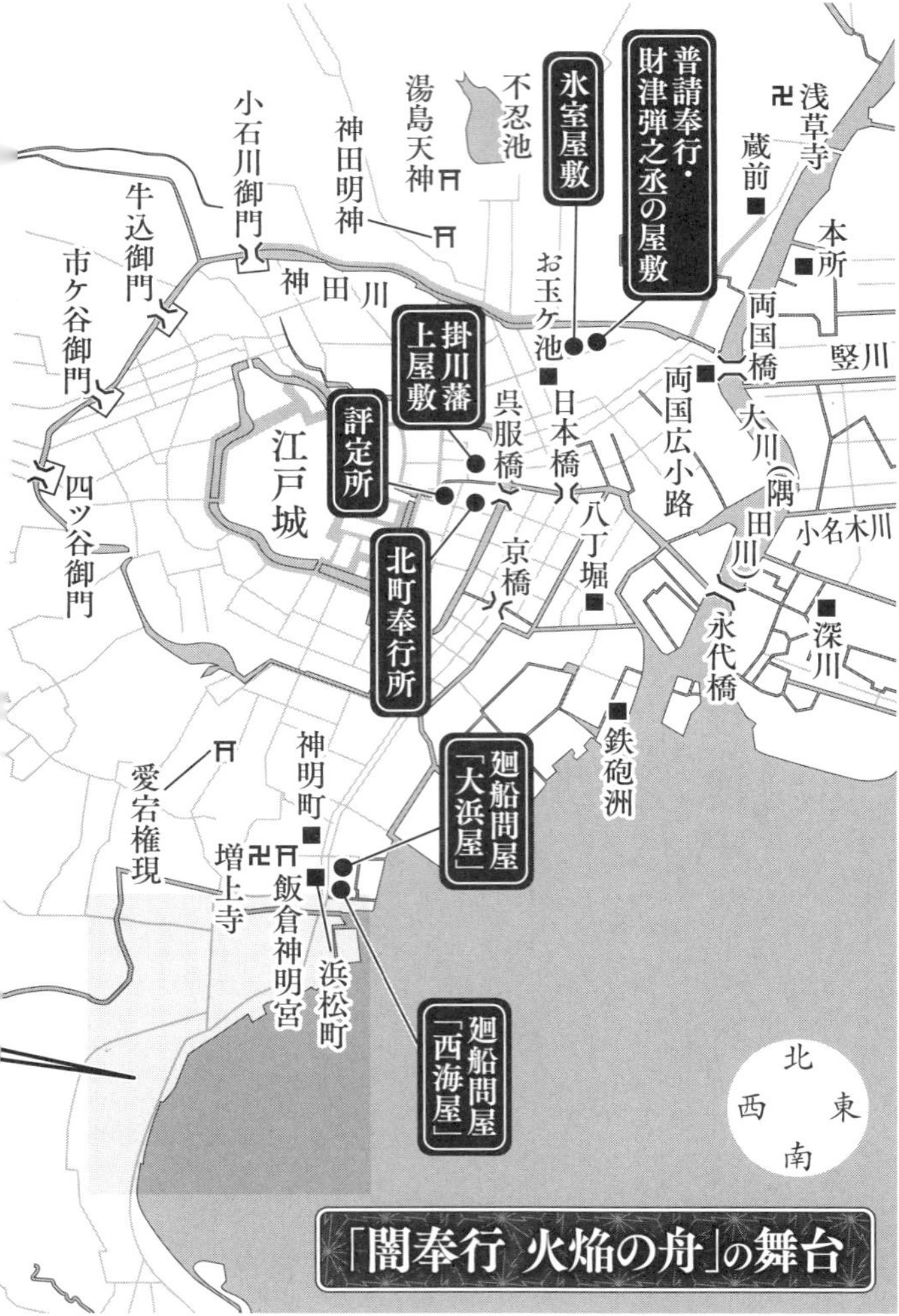
普請奉行・財津弾之丞の屋敷
氷室屋敷
不忍池
湯島天神
神田明神
小石川御門
牛込御門
市ケ谷御門
四ツ谷御門
浅草寺
蔵前
本所
両国橋
竪川
お玉ケ池
神田川
掛川藩上屋敷
評定所
江戸城
呉服橋
日本橋
両国広小路
大川（隅田川）
小名木川
八丁堀
京橋
北町奉行所
永代橋
深川
鉄砲洲
廻船問屋「大浜屋」
神明町
愛宕権現
増上寺
飯倉神明宮
浜松町
廻船問屋「西海屋」
北
西
東
南

「闇奉行 火焔の舟」の舞台

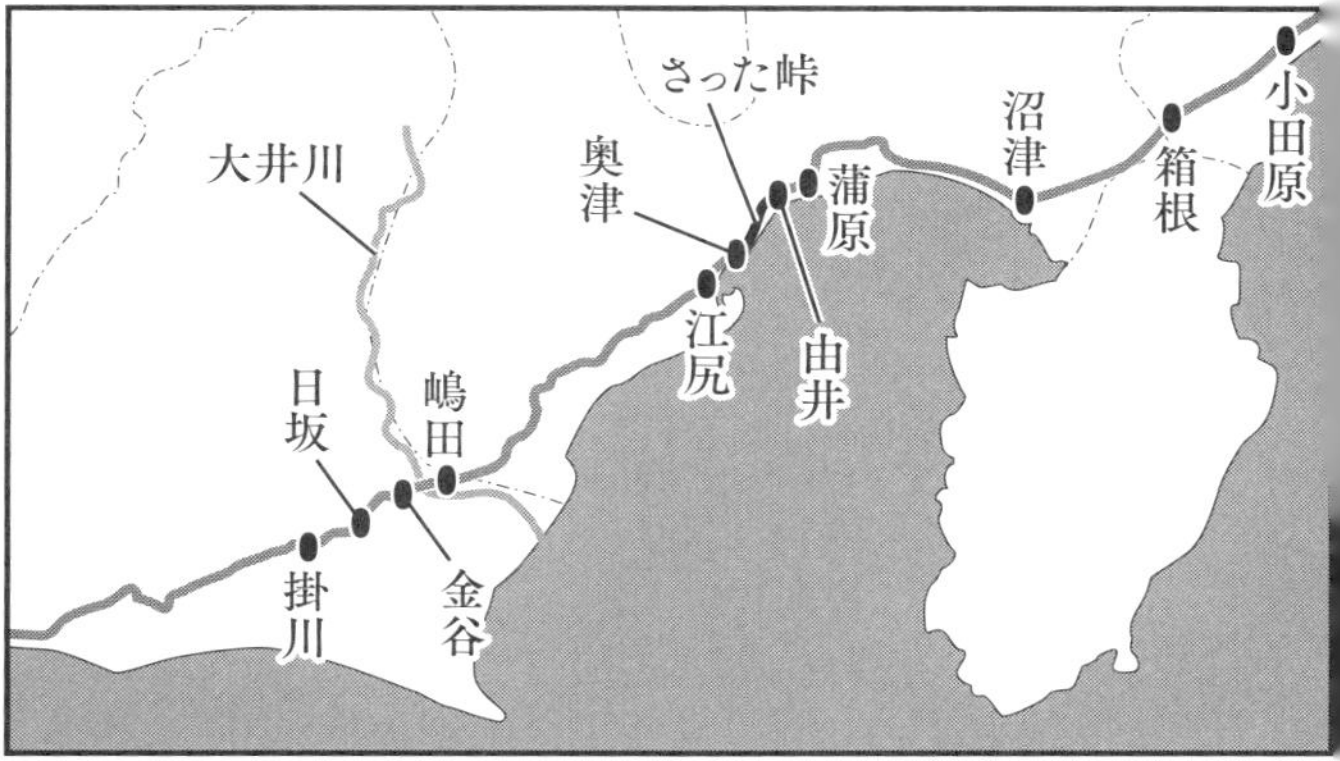
さった峠
大井川
奥津
蒲原
沼津
箱根
小田原
江尻
由井
嶋田
日坂
掛川
金谷

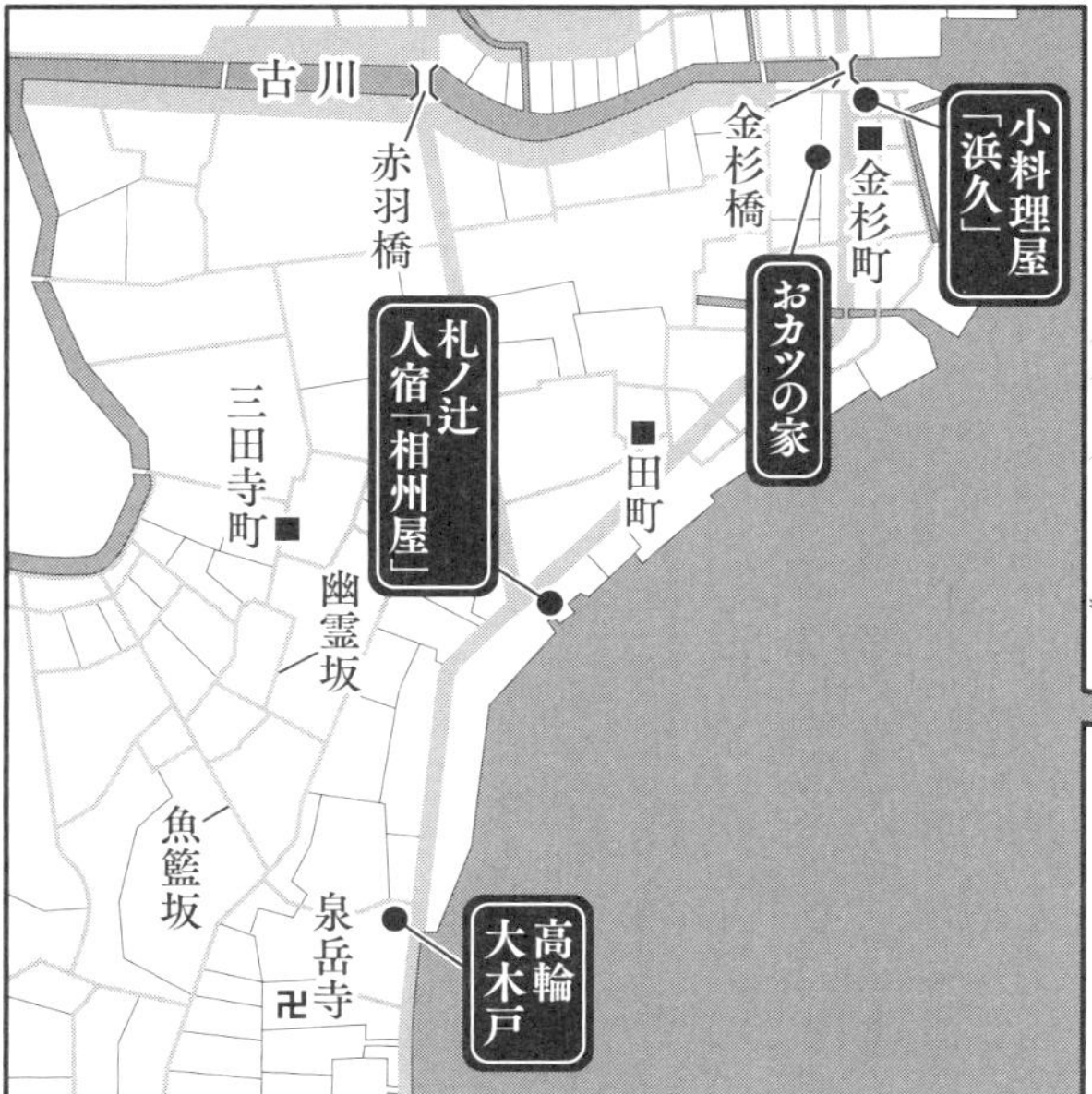
古川
赤羽橋
金杉橋
金杉町
小料理屋「浜久」
おカツの家
札ノ辻人宿「相州屋」
三田寺町
田町
幽霊坂
魚籃坂
泉岳寺
高輪大木戸

地図作成／三潮社

一　沖に上がった火の手

一

陽が落ち、あたりが夜の帳《とばり》に包まれはじめた時分だった。

潮の音に風がいくらかある。

「あんな沖合に、漁《いさ》り火《び》を燃やしておるのは誰じゃろ」

浜で話しているのは、土地《ところ》の漁師《りようし》たちである。

「みょうじゃのう。今宵《こよい》は誰も漁《りよう》に出るとは聞いておらんぞ」

「いや、漁り火じゃないぞ」

沖合に点のように見えた火が、みるみる大きくなり、かたちをつくった。

「いかん、船火事じゃ」

「どこの船じゃ」

「そんなことより、早《はよ》う艀舟《はしけぶね》を出し、飛び込んだ者がいたら拾ってやらにゃ」

「いや、待て。あの小さい灯《あか》り、もう幾艘《いくそう》か出ておるぞ！」

「こうも早う。どこの衆じゃ」

「わからん」

浜は騒然となり、やがて船は火とともに暗い海に没した。


四日後、江戸田町《えどたまち》の札ノ辻《ふだつじ》である。

「ん？　あれは！」

「あ、ほんとだ！　どうしたんでしょう？」

相州屋《そうしゆうや》の忠吾郎《ちゆうごろう》が言ったのへ、茶店のお沙世《さよ》がつづけた。

往還《おうかん》に出した縁台から、二人の目は街道の一点に向けられている。

文政《ぶんせい》三年（一八二〇）如月《きさらぎ》（二月）は下旬に入っている。早朝はまだ身のきりりと引き締まる冷気に包まれる。

陽が東の端《は》をいくらか離れ、街道に往来人や大八車《だいはちぐるま》が土ぼこりを上げはじめたころ、忠吾郎はいつものように向かいの茶店の縁台に陣取り、鉄製の長煙管《ながぎせる》をくゆらせながら、街道のながれを見つめていた。

その視界に入ったのは、旅装束《たびしょうぞく》の若いお店者《たなもの》だった。小僧を一人ともない、急ぎ足で近づいて来る。朝のうちなら、街道のながれのなかを、その二人のように高輪大木戸《たかなわおおきど》のほうへ向かう旅装束など珍しくない。これから江戸を出るのだろう。逆に高輪のほうから来たと思われる旅姿の者もいる。昨夜は品川宿《しながわしゅく》に泊まり、朝を待って江戸に入ったのだろう。

「あれは確か、大浜屋《おおはまや》の惣平《そうへい》さん。それも旅支度？」

「そのようだ。それにしても、あの急ぎようはいったい？」

こんどはお沙世が言ったのへ、忠吾郎がつないだ。

江戸府内の東海道筋で田町の札ノ辻から北へ歩を取れば日本橋《にほんばし》、南に向かえば高輪大木戸を経て品川となる。その札ノ辻の街道筋に、忠吾郎は人宿《ひとやど》である相州屋を構えている。口入屋《くちいれや》だが、なかでも行き場をなくし空腹にふらついている者を、奉公先が定まるまで暫時《ざんじ》住まわせる設備を持ったのを人宿といい、そこに身を寄せる者を寄子《よりこ》といった。

忠吾郎が毎朝、達磨《だるま》を思わせる風貌《ふうぼう》で、札ノ辻の一つの風景のように、向かいの茶店の縁台に腰を据《す》えているのは、人宿を必要とするような喰いつめ者はいいないか、いたら声をかけてやるためである。

いまその目にとまったのが、浜松町《はままつちよう》に廻船《かいせん》問屋の暖簾《のれん》を張る大浜屋の惣平だったのだ。

惣平は七年まえ、相州屋の寄子だった。在所で喰いつめ江戸に出ればなんとかなると思い、ぼろをまといわらじもすり切れ、空腹でふらふらと江戸へ入ったところを忠吾郎に拾われ、しばらく相州屋の寄子宿で過ごし、口入れされたのが大浜屋だった。十八歳のときでいまではもう二十五歳になり、手代《てだい》にまで出世し忠吾郎を安堵《あんど》させている。

その惣平が、街道のながれのなかを旅装束に急ぎ足で近づいて来る。それだけなら奇異ではない。商舗《みせ》の所用で札ノ辻の近くまで来たときはいつも相州屋に顔を出し、お沙世の茶店で茶を飲んで行くのだ。ところがいまは大股で歩を踏み、ついている小僧などはなかば小走りである。よほど火急の用らしい。近づくにつれ、普段は柔和な丸顔が緊張に引きつっているのが看《み》て取れる。

足音が聞こえるまでに近づいた。すぐそこに忠吾郎が縁台に腰かけ、お沙世が盆を小脇に立っているのも目に入らないのか、そのまま通り過ぎようとする。尋常ではない。

「惣平じゃねえか。なにをそんなに慌《あわ》てている」

忠吾郎は縁台に腰かけたまま声をかけた。

瞬時、惣助は向かいから来た大八車とすれ違ったが、聞こえたようだ。

「あ、旦那さま！　これは失礼いたしました。あ、お沙世さんも」

呼びかけられ、惣平はここが札ノ辻であることにいま気づいたように足をとめた。

「どうした。大浜屋になにかあったのか」

「小僧さんまで連れて、素通りなんて」

忠吾郎にお沙世がつないだ。

惣平は道中笠の前を上げたが、見るからに先を急ぎ、落ち着かないようすである。背後に歩をとめた小僧もおなじだ。

「沈んだらしいのです、壱浜丸《いちはままる》が！　庄造《しょうぞう》もっ」

「えっ、沈んだ！　庄造が乗っていた⁉」

「えぇぇえ。庄造さんも壱浜丸に⁉」

惣平が丸顔に似合わない上《うわ》ずった口調で返したのへ、忠吾郎は思わず縁台から腰を上げ、お沙世は小脇に抱えていた盆を落としそうになった。

庄造もかつて相州屋の寄子だった。というより、惣平と一緒にふらついているところを相州屋に拾われたのだ。二人は遠州《えんしゅう》の出で歳もおなじだった。村では喰えず、一緒に在所を捨てたのだ。二人とも見どころがあり、忠吾郎がまとめて口入れしたのが大浜屋だったのだ。丸顔でおっとりとした惣平は帳簿方《ちょうぼかた》となり、角顔で活動的な庄造は荷物賄方《にもつまかないかた》として船に乗った。船荷の管理と顧客との交渉にあたり、いわば手代格である。

壱浜丸が大浜屋の持ち船であることは、忠吾郎もお沙世も知っている。荷主の要望さえあれば蝦夷《えぞ》や薩摩《さつま》にも行ける千石船《せんごくぶね》だ。それが沈むなど、大嵐以外には考えられない。そんな暴風など、ここ数日なかった。どこか遠い土地《ところ》か。忠吾郎たちの疑問を惣平は察したか、

「ゆいですっ。それをいまから確かめにいっ」

言ったときには惣平の足はもう踏み出していた。

「ゆい？」

「そう、ゆいの浜ですっ」

忠吾郎が問い返したのへ小僧がつなぎ、慌てて惣平につづいた。

二人の背はすぐに街道のながれに入った。

一歩一歩と遠ざかるそれらの背を、お沙世は目で追いながら、
みょうに納得したところへ、寄子宿の長屋がある路地から、

「そう。それで旅装束」

——カシャカシャカシャ
いつもの音が街道に出て来た。

羅宇屋《らうや》の仁左《じんざ》である。股引《ももひき》に着物を尻端折《しりはしょり》にし、手拭《てぬぐい》を頭へ吉原《よしわら》かぶりに載せている。歩に合わせた響きは、背の道具箱の上蓋《うわぶた》の穴に挿《さ》した幾本もの羅宇竹《らうだけ》の音である。出職《でしょく》で町々をながすと、触売《ふれうり》の声を上げなくても、この音で羅宇屋の来たことがわかる。三十がらみで、町中《まちなか》の職人や行商人とは思えないような、精悍《せいかん》な面立《おもだ》ちに引き締まった体軀《たいく》の男だ。煙草《たばこ》好きの忠吾郎を得意先として出入りするうちに、そのまま寄子宿に住みついてしまった変わりダネである。鉄製の長煙管も仁左があつらえたもので、忠吾郎は煙草以外にもなにかとこの精悍な人物を重宝《ちょうほう》し、一目《いちもく》も二目《にもく》も置いている。

路地から街道に出るなり、仁左は向かいの縁台に声をかけた。

「そこでいま話してたの、大浜屋のお手代と小僧さんじゃござんせんかい」

「そ、そうなんですよ。それが大変な、大変なことに！」

お沙世が街道越しに返し、忠吾郎は立ったまますうなずきを見せた。お沙世は慌てるというよりも、蒼《あお》ざめてさえいた。

「大変なこと？　なんなんですかい」

仁左は興味を持った。

「おっとっと、ご免なさいよ」

街道に踏み出し、通りかかった大八車とぶつかりそうになり、道具箱に大きな音を立ててかわし、

「大浜屋がどうかしやしたんで？」

街道を横切り、忠吾郎とお沙世の前に立った。忠吾郎もまだ立ったままである。

「ん？　いってえ、なにがあったんですかい」

仁左は忠吾郎とお沙世へ交互に視線を向けた。二人とも表情が尋常ではない。

お沙世は蒼ざめたまま、

「庄造さん、ちかぢかお栄《えい》ちゃんと一緒になるんだったんですようっ。お栄ちゃんがこのまえここへ来て、旦那さまも奥さまもよろこんでくださり、と嬉しそうに言ったばっかりなんですようっ。それが、それが……」

声をつまらせた。お栄も相州屋をとおして奉公に上がった口である。奉公先はおなじ浜松町で大浜屋と競い合っている、西海屋《さいかいや》という廻船問屋だった。いわば大浜屋と西海屋はおなじ町で商売忌敵《がたき》ということになるが、忠吾郎は双方とも出入りがあり、いずれの亭主とも昵懇《じっこん》である。大浜屋も西海屋も、江戸の廻船問屋の互助組織である十組《とくみ》問屋に加わらず、独自の商《あきな》いをしていた。その気概が、忠吾郎の気に入ったのだ。

五年まえ、お栄は十五歳のとき村で女衒《ぜげん》に売られそうになって逃げ出し、箱根《はこね》で関所抜けするときに路銀《ろぎん》を使い果たし、路傍《ろぼう》の物貰《ものもら》いをしながら、男か女かもわからないほどに汚れ、ふらついた足取りで江戸に入り、札ノ辻でお沙世に声をかけられ、相州屋の寄子になったのだった。

お栄も遠州の産で、さきの惣平や庄造と国者《くにもの》同士だったのは偶然である。忠吾郎はお栄を西海屋に口入れした。国者のお栄が競争相手の西海屋の女中に入ったとき、惣平と庄造は驚いたものだった。それから五年、なにかと行動的な庄造とお栄は情交《わけ》ありとなり、一緒になろうというところまで進んだのだった。元寄子同士が結ばれるなど、相州屋にとっては初めてのことで、大浜屋からも西海屋からも待ったをかける声はなく、むしろお沙世に〝旦那さまも奥さまもよろこんでくださり〟と言ったように、商舗《みせ》ではお祝いの雰囲気だった。庄造の大浜屋でもそれはおなじで、相州屋でも忠吾郎がなにかお祝いをと考えていたところだったのだ。

「その庄造の乗っている船が、どうやら難に遭《あ》ったらしい。それを惣平が確かめに、これから現場へ向かうというのだ」

　忠吾郎がつないだのへ、

「えぇっ」

　仁左は緊張した。だが、落ち着いている。三人とも仁左が相州屋の寄子宿に住みつくまえの寄子だが、ときおり三人は相州屋に顔を出しており、見知っておれば話をしたこともある。

（ん？）

　忠吾郎は内心、首をかしげた。仁左の驚きようは合点《がてん》がいく。だがあとは、得心したように落ち着いていた。その落差が、みょうに思えたのだ。

思いあたることでも、

『あるのか……』

忠吾郎が仁左に問おうとしたところへ、さきほどの寄子宿の路地から、

「あれあれ、旦那さまも仁左さんも、なにを気むずかしい顔をして」

「ほんと、お沙世ちゃんまで。朝っぱらから深刻ぶって」

などと言いながら、蠟燭《ろうそく》の流れ買いのおクマと、付木《つけぎ》売りのおトラが出て来た。

二

この二人の婆さんも、相州屋の寄子である。それも相州屋が札ノ辻に人宿の暖簾を掲《かか》げた当初よりの寄子で、帰るところがないからといまなお寄子でいつづけている。そのような婆さん二人を相州屋はけっこう重宝している。

在所で喰いつめ、江戸へ行けばなんとかなるだろうと出て来て相州屋に拾われた若い者に、江戸はそんなに甘いところじゃないよとこんこんと言い聞かせる。それで相州屋はしばらくようすを見て、それぞれに合った奉公先へ口入れする。

それだけいずれのお店《たな》からも武家屋敷からも、相州屋の口入れは信頼されているのだ。惣平たち三人も、おクマとおトラから江戸の厳しさを指南《しなん》された口である。

街道を横切り歩み寄って来た婆さん二人に、

「ずっとまえ、浜松町の大浜屋さんへ奉公に上がった惣平さんたち、覚えてるでしょ」

「ああ、あの若い衆、覚えてるさ。そのあとのお栄ちゃんも」

「その大浜屋の庄造さんと西海屋のお栄ちゃんが所帯を持って、このまえお沙世ちゃん言ってたじゃないか」

お沙世が言ったのへおクマとおトラは返した。

「その庄造さんの乗った船が……」

お沙世が口早に語ったのへ、

「えぇえ、まさか！」

「だったら、お栄ちゃん。どうなるの！」

おクマとおトラは驚愕《きょうがく》の声を上げた。

「いま惣平が事の真偽を確かめに、現地へ走ったところだ」

と、忠吾郎が説明し、

「おめえさんら二人、きょう決まった商いの予定がなかったなら、浜松町をながして大浜屋のようすを見て来てくれねえか」

「予定もなにもあるかね。そんな話を聞いたのなら……」

「言われなくても、浜松町までちょいと遠出《とおで》しますよう」

おクマとおトラは応《こた》えた。

おクマの蠟燭の流れ買いとは、家々の蠟燭のしずくをかき集め、一定量になれば再利用の材料として蠟燭問屋に買い取ってもらう商いである。どの商家でも武家屋敷でも、燭台《しょくだい》の掃除までしてくれるので重宝している。どこでも裏の勝手口から入り、その家の女衆と話しこんだりするから、町のうわさは集めやすい。

おトラの付木売りも、家々の勝手口から入り、いろいろなうわさに接しやすい。どの家でも火打石で火を熾《おこ》すとき、火花を炎《ほのお》にするため紙のように薄い木片の先端に硫黄《いおう》を塗った付木を使う。日々の必需品である。

どちらの商品も軽くてかさばるものではないから、これの行商は年寄りがするものと相場が決まっている。若い者がこの商いに手を出そうとすれば、年寄りの仕事を奪う気かと周囲からののしられる。行商も老若《ろうにゃく》がうまく棲《す》み分けているのだ。

おクマは太めの丸顔で、おトラは細めで顔も面長で、この二人はいつも一緒に商いに出ている。互いに客を紹介しあったり、不当に値切ろうとする家があれば、二人がかりで対処するのだ。

おクマとおトラは浜松町あたりも商いの場としており、大浜屋や西海屋の勝手口にも幾度か入っており、そのたびに惣平やお栄が便宜《べんぎ》を図ってくれていた。もちろん仁左も当初面識がなくても、相州屋の寄子というだけで親切に与《あず》かっていた。庄造は商舗にいるときより、船に乗っているときのほうが多かった。

仁左はおクマとおトラの背を見送ると、

「婆さんたちだけにゃ任せておけやせんや。旦那、ここはひとつ、あっしも行って来やすぜ」

「そうしてくれるか。おめえさんが行きゃあ、さらに詳しいことも聞き出せようて。期待してるぜ」

「お願い。すこしでも早く、詳しいようすを知りたいの」

忠吾郎は返し、お沙世も哀願するように手を合わせた。

羅宇屋の仕事は、蠟燭の流れ買いや付木売りよりも、いっそう家々の奥に入りこむことができる。声がかかった家の裏庭の縁側が、商いの場となるのだ。

煙草をたしなむ者には、煙管《きせる》の雁首《がんくび》と吸い口をつなぐ、羅宇竹の紋様に凝《こ》る者が多い。羅宇屋の仕事は煙管の脂取《やにと》りだけでなく、羅宇竹のすげ替えがおもな収入源となる。裏庭の縁側にさまざまな紋様の羅宇竹をならべる。そこへ商家なら旦那や番頭などが出て来て、羅宇屋と世間話をしながらじっくりと羅宇竹の品定めをする。そのときにいろいろな話が出る。単なる行商人と違い、腰を据えて話をするのだから、けっこう込み入った内容も耳に入る。武家屋敷なら、あるじのほかに用人など家臣も一人ずつ縁側に顔を見せる。それらにすれば、格式ばったなかにちょうどいい息抜きになるのだ。そこでまた他家のうわさや愚痴が出たりする。それらを聞く話術もまた、羅宇屋にとっては大事な商いのコツなのだ。

そのうえ羅宇屋も行商人だから、高禄の旗本屋敷でも大名屋敷でも自儘《じまま》に入ることができる。それらの裏庭の縁側に腰を据えるのが商いだから、羅宇屋は公儀《こうぎ》隠密《おんみつ》ではないかと逆にうわささされたりもする。

「それじゃ、ちょいと行って来まさあ」

忠吾郎とお沙世に見送られ、仁左はおクマとおトラを追うように、背の道具箱に音を立てた。

田町四丁目の札ノ辻から浜松町へは、おクマとおトラは〝遠出〟などと言っていたが、そう遠くはない。街道を北へ、いつも忠吾郎や仁左が行っている金杉橋《かなすぎばし》の小料理屋浜久《はまきゅう》の前を過ぎ、橋を渡ればそこが浜松町で、増上寺《ぞうじょうじ》の門前となる。

ちなみに浜久はお沙世の実家であり、いまは兄の久吉《ひさきち》が亭主で、兄嫁のお甲《こう》が女将《おかみ》となって仕切っている。札ノ辻で相州屋と向かい合った茶店は、祖父母の久蔵《ひさぞう》とおウメが隠居してから道楽で開いた店で、孫娘のお沙世が手伝っていることになる。

橋を渡ったたもとが浜松町四丁目で、北へ三丁目、二丁目とつづき、一丁目で増上寺の大門《だいもん》から延びる繁華な広場のような大通りと交差している。大浜屋は二丁目の海辺側にある。

仁左は金杉橋の手前でおクマとおトラの背をとらえた。だが故意に足を遅らせ、追いつくのを避けた。

(別々にまわったほうが、効果的だろう)

との判断からだ。

金杉橋を渡り、三丁目のあたりで街道から枝道にそれた。おクマとおトラはそのまま街道を進んで行った。直接二丁目の大浜屋に行くつもりのようだ。

　仁左が入った三丁目には、大浜屋と競い合っている西海屋が暖簾を掲げている。

　その前を通った。いつもより人の出入りは多いようだ。大浜屋の遭難が影響しているのか、それとも新たな仕事が入り忙しいだけなのかもしれない。

　とりあえず裏の勝手口にも声をかけず、素通りして大浜屋のある二丁目に向かった。近くまで行くと、町には慌ただしさに加え打ち沈んだような緊張感がながれていた。大浜屋の船が沈んだのは事実のようだ。商舗《みせ》の前を通った。慌ただしく立ち動く奉公人たちには、悲壮感がただよっているように感じられた。

　大浜屋の持ち船は壱浜丸《いちはままる》と貳浜丸《にはままる》の二艘で、いずれも千石船である。その一艘が沈んだとなれば、大浜屋の屋台骨《やたいぼね》を揺るがすほどの大事件である。だが、ほんとうに沈んだのか座礁《ざしょう》しただけなのかも、まだ判明していない。その確認に手代の惣平が小僧を一人連れいいに発《た》ったのだ。ともかく大浜屋は、行商人が訪《おとな》いを入れられる雰囲気ではない。おクマとおトラも、きょうは大浜屋に入ることはできないだろう。

　それならばと仁左は、二丁目界隈《かいわい》で大浜屋に出入りのある酒屋や味噌《みそ》醤油《しょうゆ》屋などに訪いを入れた。それらでは、裏庭の縁側で店開きをする余裕はあった。亭主が出て来て話すこともできた。いずれもがいかにも気の毒そうに声をひそめ、

「なんでもお大名家の荷を請負《うけお》って、つつがなく仕事をこなせば、そのお大名家の御用達《ごようたし》になれるかもしれないらしく、番頭さんから小僧さん、お女中衆まで、張り切っていなさった」

「それが難にお遭いなさったとか。嵐に遭ったのか岩場に乗り上げたのか、詳しくは知りませんが。ともかく心配なことで」

「積荷は相当大事なものだったらしい。大浜屋さん、どうなるんでしょうねえ」

口々に言っていた。

念のため三丁目に戻り、西海屋の勝手口を叩《たた》いてみた。裏庭の縁側で店開きなどできなかったが、お得意の一人である番頭と話すことができた。仁左は集めて来たうわさを披露《ひろう》した。真偽を確かめるためである。

西海屋の番頭は言った。

「もうそこまでうわさになっていましたか。まだ詳しくは伝わって来ていませんが」

と、心配そうな口調だったが、大浜屋の積荷についてはなにも言わなかった。

知らないのか知らないふりをしているのか、判断はできなかった。

札ノ辻では忠吾郎やお沙世が、早くようすを知りたがっているだろう。

ふたたび街道に出て金杉橋のほうへ歩を踏んだ。陽はとっくに西の空で、いくらか低くなりかけている。人のながれも行き交う大八車や荷馬も、いずれの海で千石船が一艘沈んだか座礁したかなど、まったく無関係に日々の慌ただしさを見せている。

金杉橋を渡り、

（忠吾郎旦那とは、ここで待ち合わせたほうがよかったなあ）

などと思いながら浜久の前を過ぎ、田町に向かって背の道具箱にいっそう大きな音を立てた。

歩が田町四丁目の札ノ辻を踏んだのは、日の入りにはいくらか余裕のある時分だった。茶店の前でお沙世が、

「あ、仁左さん。ちょうどよかった。さっきおクマさんとおトラさんが帰って来て、あたしもいま行こうと思っていたところなんです」

呼びとめるように手を振りながら声をかけ、

「じゃあ、お爺ちゃん、お婆ちゃん。お願いね」

「おっと危ねえ。ほれ、大八《だいはち》だ」

前掛を外しながら街道に飛び出したのへ仁左は声を投げ、寄子宿の路地へ入った。

「ほんと、ちょうどよかった」

前掛を手に、お沙世もつづいた。

路地は相州屋の裏庭につづいており、そこに寄子宿の長屋が二棟向かい合わせにならんでいる。

裏庭に入ると、

「あ、仁左さんも。ちょうどようございました」

と、長屋からお仙《せん》が出て来たところだった。今年二十一歳の、目鼻のきりりと締まった武家娘である。それがなぜ相州屋の寄子宿に……。謀殺された父の敵《かたき》を相州屋の合力によって討ち果たし、帰る家もすでになく、寄子宿に老僕《ろうぼく》の宇平《うへい》とともに住みついたのだ。女ながらも幼いころに家を失い、敵討ちの修行に没頭しただけあって、忠吾郎はなにかと重宝している。

裏庭に面した母屋《おもや》の居間の縁側で、おクマとおトラがひと息ついたところだった。

　奥から忠吾郎も縁側に出て来ており、

「おうおう、仁左どんも戻ったか。お沙世もお仙さんもそろって。ここじゃ冷えこもう。みんな上がって、中でゆっくり聞こうじゃないか」

　居間のほうを手で示し、仁左も道具箱を縁側に降ろし、おクマとおトラにつづき、さらにお沙世とお仙もつづいた。

　あぐら居に腰を据えた忠吾郎を中心に、それぞれが自然に円陣を組むかたちに座を取った。これが相州屋のしきたりのようになっている。おクマとおトラははじめから膝《ひざ》をくずし、お沙世とお仙は端座《たんざ》の姿勢をとり、仁左は忠吾郎と向かい合う位置にあぐらを組んでいる。

　さっきから話したくてうずうずしていたようすのおクマが口火を切った。いつになく上ずった口調だった。

「見ましたよう、大浜屋さんで」

「そう、ちょうどそこへ出会わしたのさ」

　二人は交互に言う。仁左とはすれ違いになったようだ。

　二人が大浜屋の前に歩を踏んだときだったらしい。婆さんとまではいかないが、けっこう年経《としふ》った女が一人、血相を変えて店場に駈けこんだという。おクマとおトラの顔見知りで、金杉通り二丁目の裏長屋に住む、母一人子一人で息子自慢のおカツだった。金杉橋の北側の街道筋が浜松町なら、南側の街道筋が金杉通り一丁目であり、四丁目までつづいている。小料理屋の浜久は、金杉通り一丁目ということになる。

飛び込んだのがおカツだったことに、おクマとおトラはアッと顔を見合わせた。

おトラが金杉通り二丁目の裏長屋へ付木の商いに行くとき、おクマも一緒だった。二人はそこでいつも、おカツから息子自慢を聞かされた。おクマとおトラには、うらやましくもあり、いくらか妬《ねた》ましく感じるときもあった。息子は義平《ぎへい》といい、二十歳《はたち》だという。その義平の奉公先が大浜屋で、水手《かこ》として船に乗っている。それが壱浜丸だった。長屋が近くだから、遭難を知らせに走った者がいたのだろう。おクマとおトラはうなずきを交わし、よたよたとおカツのあとにつづいた。

おカツは店場の土間に立つなり、

「――あたしのせがれは無事かあっ。せがれの、せがれの義平はどうなったあっ」

叫んだ。

商舗の者がなだめるよりも早くおクマが、

「——おカツさん！　まさか義平さん、ゆいで沈んだという船に⁉」

「——そう、そうなんだよう。あ、おクマさんとおトラさん。聞いておくれよ」

大浜屋の店先で、おカツとおクマ、おトラのやりとりになった。

「——あたしらも聞いたよ、ゆいの浜で」

「——そうなんだよ、ゆいの浜で。ねえ、乗っていた人ら、無事なんだろう⁉　教えておくれようっ」

おクマが言ったのへおカツは返し、大浜屋の奉公人たちに取りすがった。

大浜屋の奉公人たちは、

「——なんだ、ろうそく買いに付木売りの婆さんたちじゃないか。いまは見てのとおりだ。帰った、帰った」

と、おカツ一人を商舗の奥へいざなったという。

「あたしら、外へ締め出されてさあ」

「あとはもう、取りつく島もなかったさ」

と、おクマとおトラは交互に言う。

忠吾郎、仁左、お沙世、お仙は身を乗り出し、固唾《かたず》を呑《の》んで聞いた。

おクマとおトラの話はまだつづいた。

「由比ケ浜《ゆいがはま》なんて、遠くてすぐには行けないよ。そりよりもあたしら、お栄ちゃんが心配で、西海屋さんにも行ったさ」

「どうだったの、会えましたの⁉」

おクマが言ったのへ、お沙世が端座のままふたたび上体を前に乗り出した。

「ちょっとだけ、裏庭に出て来てくれて。それももう、見ちゃおられなかったよ。蒼ざめ、くちびる嚙《か》みしめ、震えてた。そりゃあ無理もないさね。庄造さんの乗った船が沈んだってんだから」

「ちょいとちょいと、おトラさん。まだ沈んだって決まったわけじゃないらしいっていうじゃないか。浜松町のお人らの話じゃ、なにぶん由比ケ浜じゃ遠いし、詳しいようすはまだ判《わか》らないって。だから国者《くにもの》同士の惣平さんがけさ早く、ようすを見に発ったんじゃないかね」

と、太めで丸顔のおクマより、細めで面長のおトラのほうが落ち着いている。

「ふむ、難に遭ったことは確かなようだなあ。仁左どんのほうはどうだった」

おクマとおトラの話を聞き終え、忠吾郎が仁左へ視線を向けた。

相州屋の居間は、打ち沈んだ緊張に包まれている。

「へえ。おカツさんにもお栄ちゃんにも会っておりやせんが、あっしが聞きやしたのも、まったくそのとおりで」

仁左は応《こた》え、あぐら居のまま威儀を正すように背筋を伸ばし、

「なんでも大浜屋では、さるお大名家の仕事を請負《うけお》い、積荷はきわめて高価なものらしく、こたびの仕事に大浜屋が、その大名家の御用達になれるかどうかが、かかっていたそうで」

「なんと！」

忠吾郎が驚きの声を上げて仁左の表情を見つめ、座の緊張は増した。

仁左にすれば、内密ではなくすでに巷間《こうかん》に出まわっていることと判断し、淡々とした口調で披露したのだ。

そのときの仁左の表情に、

（こやつ、まるで得心しておるような……）

忠吾郎は得体の知れないものを感じ取った。

「さる大名家とはいずれの。それに高価な積荷とはいかような」

いつもの武家言葉で問いを入れたのはお仙だった。

「さあ、そこまでは巷《ちまた》にはながれておらなんだなあ」

実際、仁左はそこまで聞いていなかった。

だが、

(見当はついているような口調……)

忠吾郎は仁左の表情から読み取った。

それにはおかまいなく仁左はつづけた。

「旦那、きょうはもう遅《おそ》うごぜえやす。あした早《はよ》う、あっしも鎌倉《かまくら》に発とうと思いやすが、よござんすね」

「えっ、仁左さんが行ってくれるのなら頼もしい。お願い」

お沙世が仁左にまた手を合わせた。

由比ケ浜は鎌倉である。その沖合は、西国から江戸に入る航路でもある。

「うむ」

忠吾郎は意味ありげに肯是《こうぜ》のうなずきを示した。

陽が西の端に沈みかけたか、縁側に面した白い障子《しょうじ》を朱に染めていた。

三

東から明るさがしだいに広がり、日の出が間もなくのようだ。

街道にはすでに品川のほうへ向かう旅装束の姿が見られる。見送りの者が数人ついている群れもある。

相州屋の前である。道中差《どうちゅうざし》を帯び、振分荷物《ふりわけ》を肩に菅笠《すげがさ》をかぶった旅装束は仁左である。忠吾郎、おクマとおトラ、お仙が見送りに街道まで出ている。向かいの茶店からも、まだ雨戸は閉めたままだが、お沙世が出ている。

「早う帰って来ておくれよ。おカツさんが心配だし、お栄ちゃんも見ちゃおられないから」

おクマが言えばおトラも大きくうなずき、お沙世は、

「あたしも一緒に行きたいくらいですよ」

実際にそのような表情で言う。

「それじゃ」

仁左は返し、

「頼むぞ。しっかり見届けて来てくれ」

忠吾郎も期待をこめた口調で言う。

お仙もきりりと締まった表情で仁左を見つめている。

この日の見送りは仁左の要望で相州屋の玄関前だけだったが、江戸から西国へ向かう旅人の見送り人は、高輪の大木戸までというのが相場になっている。大木戸といってもそこで手形改めがあるわけではなく、かつての名残《なご》りで石垣が往還《おうかん》の左右からせり出しているだけで、勝手往来となっている。往来人の数が多くなり、いちいち関所もどきのことができなくなったからである。

代わりにその石垣が目印となり、大木戸の手前の高札場《こうさつば》を中心に、茶店が軒をつらねている。お沙世の茶店は日の出のあとだが、ここでは日の出まえから縁台をおもてに出し、客の呼びこみをやっている。旅人の見送り人がここで別れを惜《お》しみ、しばし休息するのである。

高輪大木戸を出れば街道の片側が袖ケ浦《そでがうら》の海浜となり、波の音とともに身に吹き寄せるのは潮風であり、旅人は〝さあ、江戸を出た〟との思いになる。逆に西国からの者は、高輪大木戸を入ると〝ようやく江戸に着いた〟との思いになる。

仁左はもう幾度もこの大木戸を出入りしており、これから向かうのが鎌倉であ

っても、旅人の感慨《かんがい》はない。あるのは、

（一刻も早う遭難現場の鎌倉へ）

のみである。現地で惣平と会うかもしれない。

品川宿を過ぎ、鎌倉へ一歩一歩と進みながら、仁左の脳裡《のうり》は激しく回転していた。忠吾郎がその仕草から感じ取ったように、こたびの大浜屋の海難には思いあたる節《ふし》があった。だがそれがなんなのか、内幕までは判らなかった。いま歩を踏むなかに、その裏に近づこうと懸命にこれまでの経緯を思い起こし、一つ一つをつなごうとしていたのだ。


三月《みつき》ばかりまえになる。江戸城本丸御殿で老中や勘定奉行ら幕閣たちが鳩首《きゅうしゅ》し、そこに旗本の普請《ふしん》奉行までが列座していたことが憶測を呼び、諸藩の江戸留守居《るすい》役たちは戦戦恐恐《せんせんきょうきょう》としていた。旗本も係《かか》り合《あ》っているとなれば、仁左も関心を示さざるを得なかった。各大名家の江戸屋敷が普請奉行の旗本の周辺に、しきりとうごめいていることを感じとっていたのだ。

去年夏場の暴風雨、今年の春嵐で、古くなっていた江戸城の石垣がかなり傷《いた》んだ。放置し地震にでも見舞われたなら崩壊しかねない箇所がいくらか見つけられた。そのようなときの普請奉行を交えての幕閣の鳩首となれば、詮議の内容はおよそ見当がつく。そう、石垣普請をどの大名に命じるかである。

石垣の普請となれば、莫大な費用が入り用となり、命じられた大名家は自費で賄《まかな》わなければならない。いずれ大名家は財政がひっ迫しており、下命《かめい》を受けた藩は大打撃となり、乗り切るには家臣団の俸禄《ほうろく》を削減し、領民には年貢の取立てを厳しくしなければならなくなるかもしれない。

免《まぬが》れたい……。思わぬ大名はいない。そのためには工作も必要となる。

羅宇屋の道具箱を背負って武家地をながせば、一帯に秘められた慌ただしさのあるのを感じ取ることができた。

だが、裏庭の縁側から屋敷内を窺《うかが》うだけでは、当然ながら知り得ぬこともある。

江戸城外濠《そとぼり》の常盤橋《ときわばし》御門内にある遠江《とおとうみ》掛川《かけがわ》藩太田《おおた》家五万三千石の上屋敷では、江戸筆頭家老で留守居役の志村貴智《しむらたかとも》が、今年五十歳という老体に鞭《むち》打ち、外からは窺い知れない緊張と苦悩に見舞われていた。

大名家で留守居役といえば、主君が国おもてに帰っているときは江戸藩邸を預かり、すべてにおいて藩を代表し、藩主のいるときも対外交渉などには藩主の代理となって奔走《ほんそう》する、最重要の役職である。

その志村貴智が、藩主の太田資始《すけもと》のお供で本丸御殿に随行《ずいこう》したとき、禄高千五百石の旗本である財津弾之丞《ざいつだんのじょう》から、そっと耳打ちされた。

「これは太田家お留守居の志村どの、お気をつけ召されよ。こたびの石垣普請に、掛川藩太田家が取りざたされておりますぞ。なにぶん、いずれのお大名家も抜け目ござらぬゆえのう」

殿中《でんちゅう》の広い廊下ですれ違ったおりの、一瞬のことだった。

「えっ」

と、志村貴智は驚き、ふり返ったときには、財津弾之丞は廊下の角を曲がったところで、その姿はすでに見えなかった。

志村貴智は足がすくみ、しばしその場から動けなかった。

財津弾之丞こそ、いまあちこちの大名家で取りざたされている、普請奉行の役職にある旗本なのだ。

常盤橋の上屋敷に戻ると、さっそく志村は中奥《なかおく》の藩主が政務を執《と》る御座《ござ》ノ間《ま》で余人を遠ざけ、資始の前へ膝を進めた。

財津弾之丞の言った〝いずれのお大名家も抜け目ござらぬゆえ〟との言葉が、

耳を離れなかったのだ。

（貴藩も早々に手当てをなさらぬと、取り返しのつかぬことになりますぞ）

と、忠告というより、催促《さいそく》しているように思えたのだ。

留守居役の志村貴智は藩主の資始に、声を低めて言った。

「殿、わが藩も他藩に後《おく》れをとることは許せませんぞ」

志村貴智にすれば、いかなる策を弄《ろう》してでも石垣普請を免れたい一心である。

それこそ江戸留守居役の役務であり、忠義であった。

だが資始の返答は、あまりにも潔癖《けっぺき》過ぎた。

「なにを言うか。幕府がわが藩に千代田の石垣普請を託《たく》すとすれば、それだけわが掛川藩太田家が、将軍家より信頼されている証《あかし》ではないか」

資始は十二歳で家督を継いで掛川藩の幼君となり、今年で十年目である。まだ二十二歳と若い。しかも将軍家の奏者番《そうじゃばん》に引き上げられるなど、家斉《いえなり》将軍の覚えもめでたかった。

資始はさらに言った。

「将軍家からのご下命に、姑息《こそく》な手を弄するなど許さぬぞ」

「ははーっ」

志村貴智は、おそれ入る以外なかった。

御座ノ間を辞し、大きく息をついた。ため息である。

貴智は老練な江戸家老であり、有能な留守居役である。

若い潔癖な主君のため貴智は、ほかにも取りざたされている各藩の積極的な動きに指をくわえ、悶々《もんもん》とした日々を送らねばならなかった。

それから一月《ひとつき》ほどが過ぎた。仁左が壱浜丸の遭難検証のため鎌倉へ発つ、およそ二月《ふたつき》まえということになる。

いつものように仁左は手拭を吉原かぶりに、背の道具箱に羅宇竹の音を立てながら寄子宿の路地から街道に出た。

「きょうもお気をつけて」

と、これもいつものようにお沙世から声をかけられ、

「おう、お沙世ちゃんもな」

返し、札ノ辻を離れた。

いつもの朝の光景で、忠吾郎もすでに縁台に出て、鉄製の長煙管で煙草をくゆらせていた。

そのお沙世や忠吾郎が見えなくなってからすぐだった。行商人風の男が無言で仁左に近づき、なにやら耳元にささやくとそのままなんでもなかったように離れた。ささやかれたとき、仁左は、

「承知」

と、かすかにうなずきを示していた。

ふたたび一人になり、仁左は歩を速めた。

午前《ひるまえ》である。

町場を抜けた仁左の姿は、なんと江戸城本丸御殿の表玄関の前にあった。羽織《はおり》袴《はかま》に二本差で、歴とした武士のいで立ちである。本名は大東《おおひがし》仁左衛門《にざえもん》といった。その仁左衛門の足は表玄関には入らず、向かって右手のほうへ勝手知ったように悠然《ゆうぜん》と進んだ。咎《とが》める者はいない。

表玄関の右手に目付《めつけ》部屋と徒目付《かちめつけ》の詰所《つめしょ》がある。仁左こと大東仁左衛門は目付の手足となる徒目付でも、市中に町衆となって住みつく隠れ徒目付だった。

町奉行所で、秘かに市中の探索に従事するのが隠密廻《おんみつまわ》り同心である。目付は町奉行所の手の及ばない、武家地の旗本の行状に目を光らせるのが役務である。その手足となり実際に各種探索に従事するのが徒目付だった。なかでも隠れ徒目付

は、町奉行所でいう隠密廻り同心に相当した。だから相州屋の寄子宿に、羅宇屋として住みついているのである。この日、寄子宿を出るとすぐに、目付から〝至急、出仕せよ〟とのつなぎがあったのだ。

徒目付の詰所に入ると、すでに目付の青山欽之庄《あおやまきんのしょう》が目付部屋で大東仁左衛門の出仕を待っていた。

相州屋の居間や小料理屋の浜久ではあぐら居が似合っている仁左も、大東仁左衛門になり、城中の目付部屋で裃《かみしも》を着《つ》けた差配役の青山欽之庄の前に出ると、さすがに端座の姿勢をくずさない。

「おまえのことだ。いま柳営《りゅうえい》（幕府）では石垣普請が取りざたされ、いずれにご下命があるか、各大名家が戦戦恐恐としていることは知っていよう」

「はっ、うわさとしてなら。なれど、お大名家は大目付さまのご管掌《かんしょう》にて、われらには手出しできませぬが」

「あははは、おまえらしくもないことを言う。石垣普請に当たるのは普請奉行じゃ。普請奉行は旗本であるぞ。われらが管掌ではないか」

「あ、さようで」

仁左こと大東仁左衛門は頓狂《とんきょう》な声を上げ、座はなごやかなものになった。

青山はつづけた。

「こたびの石垣普請に携《たずさ》わっておいでなのは、普請奉行のなかでも財津弾之丞どののじゃ。その財津どのの出された見積もりは三万両だという」

「はっ」

予想はしていたが、巨額である。

青山は言う。

「その額は、まあ妥当なところだ。そこに問題はない。ところが、それの下命を受けたほうは大変じゃ。お家によっては藩財政を揺るがすことにもなろう」

「御意《ぎょい》」

まったくそのとおりである。

「すでに数家が取りざたされておる。東は常陸《ひたち》の笠間《かさま》藩牧野《まきの》家八万石と関宿《せきやど》藩久世《くぜ》家五万八千石、西は遠江《とおとうみ》の掛川藩太田家五万三千石と尾張《おわり》の岡崎《おかざき》藩本多《ほんだ》家五万石、それに越前《えちぜん》の丸岡《まるおか》藩有馬《ありま》家五万石じゃ。いかなる経緯《いきさつ》で、この五家に絞られたかは知らぬ」

「その五家のかたがた、大事《おおごと》でございましょうなあ」

仁左こと大東仁左衛門は、気の毒そうに言った。実際、各藩とも石垣普請を免れようと、江戸留守居役が日ごろの幕閣や旗本たちとの交わりを駆使し、奔走している。そのなかで一人、掛川藩太田家の志村貴智のみが主君に釘《くぎ》を刺され、悶々としていることになる。

　青山はつづけた。

「いや、五家のみとは限らぬ」

「と、申されますと？」

「向後《こうご》、ご下命の行方はどう変わるかわからぬ。似たような石高の大名家は、いずれも防御策を講じようとしている」

「はあ」

「その気持ちはわからぬでもないが、さような裏工作で柳営のご下命を左右しようなど、ご政道に背《そむ》く行為……あってはならぬことじゃ」

「御意」

「もし普請奉行の財津弾之丞どのが、さような裏工作への誘い水を入れているとしたなら、私利私欲によってご政道を歪《ゆが》める所業と言わねばならなくなる」

「御意」

　青山欽之庄が指摘し、仁左こと大東仁左衛門が肯是《こうぜ》の言葉を返すのも、役務に忠実な赤誠《せきせい》からであった。

「そこでだ」

「はっ」

「おまえの役務じゃが、財津弾之丞どのに、さような動きがあるかないかを探るのじゃ。千五百石取りで屋敷は内神田《うちかんだ》のお玉ケ池《たまがいけ》にある。むろん、そなた一人ではない。すでに幾人かの徒目付をそこに充《あ》てておるがのう」

「ふむ。正面からの探索でございますか」

「まあ、そんなところじゃ。それらの報告によれば、財津弾之丞どのはどうやら露骨に大名家へ働きかけているようじゃ。むろん、誘い水に乗った大名家は大目付さまが糾弾《きゅうだん》されようが、われらはまず旗本を糾《ただ》さねばならぬ。そなたも裏からの探索の結果を、そのつどわしに報《しら》せるのじゃ。頼りにしておるぞ。そなたには相州屋なる得体の知れぬ人宿がついておるようじゃからな」

「ははーっ」

大東仁左衛門は拝命し、江戸城の外濠を出て町場に入ると、いずれかでまた手拭を吉原かぶりに羅宇屋の仁左に戻った。

背に羅宇竹の音を立てながら、

（こたびもまた、相州屋の手を借りることになるかのう）

思えて来た。

足は田町の札ノ辻に向かっている。

四

札ノ辻に戻ったのは、陽が中天をいくらか過ぎた時分だった。

縁台に出ていたお沙世が、

「あらあ、きょうは早いんですねえ」

「ああ。いい客がついて、そこだけでじゅうぶんな商いをさせてもろうてなあ」

仁左は返し、寄子宿の路地に入った。お沙世は言葉どおりに受け取ったようだ。

寄子宿の長屋の部屋では、お仙が一人で古着の繕《つくろ》い物をしていた。

老僕の宇平は毎日、竹馬の古着屋で近くの町場に出ている。大きな風呂敷包みを背に一軒一軒声をかけて行くのではなく、竹の足をつけた天秤棒《てんびんぼう》に古着をこんもりと盛り、それを広小路や町場の角、寺社の門前に据《す》え、客が集まるのを待つ商いである。その天秤棒を担《かつ》いで歩いている姿が竹馬に似ていることから、竹馬の古着売りと呼ばれ、年寄りに向いた古着商いである。古着買いから仕入れた古着を、お仙が繕ったり仕立て直したりして付加価値をつけている。

竹馬の古着売りは、家々の中に入るのではなく、人の集まりそうなところに陣取るのだから、近辺の女衆が集まって来たときなど、そこはさまざまなうわさの飛び交う場となり、仁左にとって重宝となることがよくある。

寄子宿の長屋でひと息入れた仁左は、

(お仙どのや宇平どんに合力《ごうりき》を願うのは、まだ早いか)

思いながら裏庭の縁側に腰を据え、忠吾郎のお出ましを願った。

「ほう。おめえさんから用があるたあ、珍しいじゃねえか」

と、忠吾郎は裏庭に面した、陽当りのいい縁側にあぐらを組んだ。

仁左は言った。

「旦那、理由《わけ》は訊かねえでくだせえやし。単なる得意先の開拓と思ってくだせえ」

「なんでえ、いってえ」

忠吾郎は探るように達磨顔のぎょろ目を仁左に向けた。

「へえ、ここからはちと遠《とお》うござんすが、内神田のお玉ケ池にある財津弾之丞という千五百石取りの旗本屋敷に、誰か奉公人を口入れしたことはござんせんかい」

「ほう、財津屋敷なあ」

忠吾郎は知っているような口ぶりだった。

仁左は期待を持った。

だが、

「財津屋敷とは交わりはねえが」

言うと、番頭の正之助《まさのすけ》を縁側に呼んだ。忠吾郎が札ノ辻に人宿の暖簾を掲げたときからの番頭で、口入れ稼業には老練な頼りになる番頭である。

正之助は言った。

「はい。もう五年ほどまえになりますから、仁左さんは知らないでしょう。内神田のお玉ケ池なら、千石取りの氷室《ひむろ》さまのお屋敷に、中間《ちゆうげん》を一人口入れしました。留太《とめた》という若者です。となりのお屋敷が確か、財津さまとおっしゃいました」

「おぉう、留太なあ。いたいた、思い出した。まだガキで汚《きたね》え形《なり》してお沙世の茶店の前に行き倒れたんだったなあ」

「そう、それです。一月《ひとつき》ほどここにいて、見どころがあり、あのお屋敷に口入れしましたので。まじめに働いて、いまも氷室さまのお屋敷におります。そうですねえ、もう二十二、三歳になっておりましょうか」

となりの屋敷でも、仁左にとっては大きな収穫である。

「でも、どうして」

訊く正之助に、

「いえ、ちょいとあのあたりもまわってみようと思いやして」

仁左は応え、詳しく訊かれるのを避けるよう早々に腰を上げた。

忠吾郎は寄子宿の長屋に戻る仁左の背に、

（やつめ、なにやら探ろうとしておるな）

感じとった。寄子宿の仁左はあくまで羅宇屋であり、隠れ徒目付であることを周囲の誰にも話したことはない。話せば〝隠れ〟ではなくなる。だが、忠吾郎は気づいている。しかし、それを当人に質《ただ》すなど野暮《やぼ》なことはしない。忠吾郎もひとくせあり、仁左の働きを存分に重宝しているのだ。

いまも、仁左が唐突に旗本の財津屋敷について問いを入れたことで、きょう午前中に仁左がいずれへ行っていたかおよその見当をつけた。忠吾郎は稼業柄、財津弾之丞が柳営の普請奉行で、その役務にはなにかと利権の生じることを知っている。そのうえで仁左が上からの下知《げじ》で〝なにやら探ろうとしておるな〟と、感じ取ったのだ。

翌朝、いつものように仁左が背にカシャカシャと音を立て路地から出て来たとき、忠吾郎はすでにお沙世の茶店の縁台に陣取り、煙草をくゆらせていた。

「旦那、いかがですかい。その煙管の使い勝手は」

「ああ、このとおり、重宝しておる」

声だけで縁台の前を通り過ぎようとする仁左に忠吾郎は応え、

「さっそくお玉ケ池に行くか」

「へえ、まあ」

「ええっ、お玉ケ池って内神田の？　あんな遠くへ」

お沙世が驚いて言ったときには、仁左はもう茶店の前を離れていた。詳しく訊かれるのを避けるためである。

歩を進めながらふり返り、

「遠くにもお得意さんをつくろうと思うてなあ」

もうお沙世が声をかけられないほどに、仁左は茶店を離れていた。

（ふむ）

忠吾郎は得心するように、遠ざかるその背を見つめた。


仁左が増上寺の前の浜松町を過ぎ、日本橋も渡って内神田に入り、お玉ケ池の近くに歩を踏んだのは、午《ひる》にはまだいくらか余裕のある時分だった。

お玉ケ池といえば、かつては大きな沼地だったそうだが、文政年間のこの時代にはほとんどが埋め立てられ、小さな池が点在するのみとなっていた。土地《ところ》の古老に訊いても、もとの姿を知る者はすでにいない。町場の松枝町《まつがえちょう》や岩本町《いわもとちょう》あたりが、かつての沼地だったそうな。

そこに武家地も造成され、町名はなく世間で〝お玉ケ池〟といえば、この一帯の武家地を指した。

目指す財津屋敷はすぐにわかった。千五百石の旗本屋敷となれば、さすがに表門と勝手口ではない歴とした裏門も備えている。一巡した。羅宇屋が道具箱に音を立てながら、白壁の往還を歩いても奇異ではない。むしろ自然である。カシャカシャと乾いた音は、屋敷の内側にも聞こえていよう。財津屋敷は、武家にしては珍しく行商人以外にも人の出入りが多いようだ。普請奉行だからかもしれない。

となりの氷室屋敷の裏手にまわった。千石取りであれば、やはり歴とした裏門を備えている。脇の小さな潜《くぐ》り戸《ど》を叩いた。六尺棒を持った門番の中間《ちゆうげん》が顔をのぞかせたので、

「こちらに留太という中間さんがおいでと聞いて来たんでやすが」

と、来意を告げると、

「おう、留公《とめこう》かい」

と、門番の中間はすぐ留太につなぎを取ってくれた。正之助の言うとおり、留太なる中間の評判は屋敷内でもよさそうだ。

庭そうじの最中だったか、竹ぼうきを手にした中間が、怪訝《けげん》そうな表情で裏門まで出て来た。まじめそうなその顔つきから、すぐ留太とわかった。仁左が道具箱を背に辞を低くし、相州屋から来たことを告げると、

「そうかいそうかい。あんた、相州屋の寄子かい。で、羅宇屋をやっている？ま、中に入《へえ》んねえ。懐かしいぜ、札ノ辻よう」

と、まるで旧知のように応対してくれた。よほど相州屋に感謝し、寄子宿の居心地もよかったのだろう。

門の中に招《しよう》じ入れられ、

「で、旦那はお元気かい。おクマさんとおトラさんはまだいるかい」

と、留太はしきりと相州屋を懐かしんだ。仁左もそのような留太に親近感を持ち、おクマとおトラに感謝した。寄子宿では新参者に口うるさいだけではなく、その者のためにもなっていたのだ。

もちろん羅宇屋の商いにも、若党や用人たちの家来衆に話し便宜を図ってくれた。おかげで裏庭の縁側で店開きもできた。

これも相州屋のおかげと言えようか。ありがたかった。氷室屋敷で贔屓《ひいき》にしてもらえば、となりの財津屋敷にも入りやすくなる。

氷室屋敷での仕事が一段落すると、

「いいともよ。おとなりさんにも俺と親しいのがいるからよ」

と、留太は財津屋敷につないでくれた。

お玉ケ池には同業があまり来ないのか、仕事はかなりあった。両家とも凝った羅宇竹を新調する者もおり、きょう一日で仕事は終わらなかった。探りを入れる

ようなことはせず、仕事に没頭した。両家とも帰りには家来衆が、

「おう、あしたも来い。屋敷にはまだ煙草をやる者がいるからのう」

と、声をかけてくれた。

きょうはこの二カ所だけだったが、明日へつなぐ成果はじゅうぶんだった。帰りはまだ西の空に陽は高かったが、札ノ辻に戻ったころには日の入り時分になっているだろう。

日本橋を過ぎ、府内の東海道を一歩一歩と踏む足に、

（相州屋、ありがたいですぜ）

思いがこみ上げていた。


帰ると、母屋の裏庭から声を入れた。通い番頭である正之助はまだいた。

「そうですか。留太がつつがなく奉公しているのはなによりです」

正之助は目を細めた。

ちょうどそこへおクマとおトラが帰って来た。

二人とも話を聞き、

「わあ、そうなの。留ちゃん、立派になって」

「あした、お玉ケ池まで行ってみようかねえ。ちょいと遠いけど」

などと言っていた。

実際、留太の思い出話から、

「そんならあした、一緒に行くかい」

ということになった。

仁左にすれば、願ってもないことである。蠟燭の流れ買いと付木売りの婆さん二人と一緒に仕事をすることになるのだ。その屋敷になにか世間に隠さなければならない秘密があるとしても、そうした婆さんたちに〝いずれの間者《かんじゃ》〟などと疑いの目を向ける者などいない。そのうえ仁左も含めとなりの屋敷からの引き合わせであり、田町の札ノ辻から来ていると素性《すじょう》も明らかなのだ。

翌朝、

「あらあ、きょうは三人おそろいで。えっ、内神田のお玉ケ池？　おクマさんやおトラさんまで」

と、お沙世が驚いていた。

忠吾郎は縁台に陣取ったまま、得心したように三人の背を見送った。

午前《ひるまえ》に三人は氷室屋敷の裏門を入った。

留太はおクマとおトラまで来たことに驚き、互いに手を取り懐かしがっていた。そのせいもあろう、屋敷の女中衆や中間たちは初めてにもかかわらず、おクマとおトラにきわめて親切だった。もちろん仕事にもありつけた。それが仁左にも波及《はきゅう》する。しかも仁左は二日目であり、奉公人たちとはすでに顔見知りになっている。

その雰囲気が、午後に入った財津屋敷にまでつづいた。仁左はきのうにつづき裏庭に面した縁側で店開きをし、おクマは女中の案内で奥の部屋をまわって燭台にたまった蠟をかき集め、おトラは台所で女中衆とよもやま話に興じ、おクマの燭台の掃除を手伝った。羅宇屋がいかに用人や若党たちと親しく話をしようが、行くことのできない奥の部屋にまで、おクマとおトラは足を入れたのだ。

さいわい家来衆のなかに羅宇竹に凝っている者がいて、

「あしたも来い、別の羅宇竹を用意してな」

「へい。かしこまりやした」

と、あしたも財津屋敷の裏門をくぐることになった。

三人そろって財津屋敷を出たのは、西の空に陽がまだ高い時分だった。

お玉ケ池のある内神田からすこし足を延ばし、外神田の神田明神《みょうじん》に参詣《さんけい》した。増上寺ならわざわざ参詣するまでもなく、その門前町も近くの浜松町も商いの範囲にしている。だが、神田明神はこのようなときでないと、なかなかお参りの機会がない。

道すがら、おクマとおトラは、それが狙《ねら》いだったのかもしれない。

おクマとおトラは言っていた。

「留ちゃん、元気でよかったよう。お屋敷のお仲間さんたちからも、可愛がられているようだし」

「そうそう。お屋敷も落ち着いた、いい雰囲気だし。それにくらべ、おとなりの財津さまのお屋敷、なんだか慌ただしくって、まるで大きな行事でもひかえているんだろうかねえ」

「そう、そんな感じ。お武家のお屋敷にしちゃあ、なんだかみょうだったよ」

裏庭の縁側から動けなかった仁左も、うすうすとは感じたが、実際に奥の部屋まで入ったおクマとおトラの言葉は貴重である。

『おもての部屋にお客さまでも？』

仁左は煙管の脂取りをしながら問おうとしたが、ひかえたのだった。下手に立ち入ったりすれば、怪《あや》しまれるもととなる。

神田明神の境内《けいだい》でひと休みしたとき、おクマが思い出したように言った。

「奥の部屋で燭台を掃除していたとき、お女中からお客があるから早く、なんて催促されたよ」

「あ、それ、あたしも聞いた。お女中同士でさ、ここんとこ来客が多いねって」

おトラも言った。

やはり来客だったようだ。それも〝ここんとこ、多い〟ようだ。

おクマもおトラも、財津弾之丞が柳営で普請奉行の座にあることなど知らない。屈託《くったく》なく話している。

仁左には収穫である。となりの屋敷は落ち着いた静けさがあるのに、財津屋敷は慌ただしい動きがある。石垣普請をめぐり係り合いそうな大名家の留守居役が、ようすを探ろうと、あるいは下命を免れようと、二重底で重い菓子折りを持参しているのであろう。

この日、三人が札ノ辻に戻ったのは、神田明神への参詣が影響したか、陽が落ちてからだった。まだ暗くはなっていなかったが、お沙世の茶店はすでに縁台をかたづけ、雨戸も閉めていた。

（きょうはよく一緒に行ってくれた）

仁左は胸中に念じた。

五

翌日は一人で財津屋敷に向かった。羅宇竹の注文を受けているのだ。

きのうおとといとおなじ裏庭の縁側に店開きをした。

もうすっかり顔なじみになっている。若党たちも中間たちも、気軽に声をかけて来る。仁左も愛想《あいそ》よく返す。

身分のありそうな家臣が、縁側に悠然と腰を据えた。

「これはご用人さま」

と、座りこんで仁左と世間話をしていた若党が、恐縮するように腰を上げ奥に消えた。きのう羅宇竹を注文した若党だった。悠然と腰を据えたのは用人のようだ。大名家なら留守居役にあたり、当主の分身でもある。

用人も煙草をやるのか、羅宇竹を物色しながら、さりげなく言った。

「羅宇屋なら、大名家にも出入りし、こうして裏手でじっくりと商いをしておろうかのう」

「へえ。ご贔屓いただいているお家も、いくらかございやす」

仁左は逆に探りを入れられているのを感じた。用人は、羅宇屋は公儀隠密ではないかと言われる所以《ゆえん》を知っているのだろう。仁左はきのうおといと、そのような素振りはまったく見せなかった。だから用人は安堵し、語りかけて来たのかもしれない。

用人はつづけた。

「ご城内の大名屋敷も出入りしておるかのう」

「はい、ございます。お大名家の上屋敷は、ご城内に多うごぜえやすから」

外濠《そとぼり》城内に大名家の上屋敷が集中している。外濠の城門は浪人と異様な身なりの者以外は往来勝手である。八百屋や魚屋などの行商人、大工や左官屋などの職人が出入りできなければ、大名屋敷の生活は成り立たなくなる。

職人言葉で応じる仁左に、用人はさらにつづけた。

「常盤《ときわ》橋御門内などは行っておるかのう。たとえば掛川藩など、あの藩もたしか常盤橋だと思うたが」

「はあ、常盤橋御門のほうは、あまりなじみがねえもんで」

応えながら、

(来たな)

内心身構えた。掛川藩の名が、財津家用人の口から出たのだ。

「ほう、行っておらんか」

用人は応え、この話はそこで終わった。だが、用人はなにか言いたそうだった。ここで仁左が誘い水を入れれば、話はつづき掛川藩邸を探って来てくれと依頼されたかもしれない。だが仁左はあくまで相州屋から来ている並みの羅宇屋である。敢《あ》えて冒険は避けた。

これも仁左には収穫だった。石垣普請の候補に挙がっている掛川藩の動向を、(財津家は知りたがっている)

そう予測できるのだ。

数日を置いた。

常盤橋御門内の白壁の往還に、羅宇竹の音を響かせた。

三日ほどつづけた。他家からは声がかかり、中に入ることができた。大名屋敷は広大であり、そこからとなりの屋敷を窺《うかが》うことなどできない。

直接、掛川藩邸の裏門を叩いた。さすがに大名屋敷で、新参者は門前で追い返された。相州屋が以前、財津屋敷のとなりの氷室屋敷に中間を一人口入れしていたのが、つくづくありがたく思えてきた。

この日だった。運がよかったのか、それとも三日も近辺をながしつづけた成果か、掛川藩邸の裏門から四枚肩《しまいかた》の権門駕籠《けんもんかご》が一挺《ちょう》出て来たのに出合わせた。草履《ぞう り》取りの中間と挟箱持《はさみばこもち》の中間、それに武士が一人お供についていた。このわずかな供ぞろえは、権門駕籠であっても殿さまの太田資始《すけもと》ではあり得ない。しかも裏門からとなれば、まさにお忍びである。尾《つ》けた。権門駕籠であれば、尾けやすい。武家地であっても羅宇屋が往来を歩いているだけだから、なんら怪しまれることはない。

駕籠は城内から町場に出て、日本橋から延びている神田の大通りに入った。

途中で枝道に入り、お玉ケ池の方向に向かった。

駕籠はなんと、もしやと思ったとおり、財津屋敷の表門に入ったではないか。

表門の門番とも、すでに顔見知りになっている。

すこし間を置き、表門の潜り戸に訪《おとな》いを入れた。

煙管の脂取りをした中間が顔を出した。

「なんだ、おまえか。裏へまわれ」

「いえ、さっきご大層なお駕籠が御門をお入りになりやしたが、あっしの知らねえご家中で、煙草をおやりになるお方なら、是非お声がけ願《ねげ》えてえと思いやして」

「あははは、無理、無理。家中のお人ではない」

「どなたさまで」

「うるせえなあ。なんでもお大名家のお留守居さまだから、粗相《そそう》のねえようにと用人さんから言われておる」

「さようでこさいやすか。そんならやはり無理なようで」

「あはは。だから、帰《けえ》れ、帰れ」

「へえ」

仁左は辞を低くし、財津屋敷の表門前から退散した。

駕籠はなんと、掛川藩江戸留守居役の志村貴智《たかとも》ではないか。

それが財津弾之丞といかなる話か、

(知りたい)

だが、忍びの者よろしく、使者ノ間の屋根裏に入りこまない限り不可能だ。

ともかく、掛川藩太田家の留守居役が財津屋敷を訪ねた事実はつかんだ。

（このこと、早く青山さまに報告せねば）

仁左は足を速めた。

陽が中天にかかるには、まだいくらか余裕のある時分だった。

羽織袴に二本差となった仁左の身は、江戸内濠《うちぼり》城内の百人番所の前の坂道を足早に上り、本丸御殿の表玄関に向かった。玄関前を右手に進んだ。目付部屋と徒目付詰所がそこにある。

このあとすぐだった。大東仁左衛門になった仁左は端座の姿勢で、青山欽之庄と対座した。平伏する仁左こと仁左衛門に青山欽之庄は言った。

「おぬしのほうから来るとは珍しいのう。普請奉行の財津どのの件で、なにかつかんだかのう」

「はは、それについてでございます」

大東仁左衛門は顔を上げた。

「ほう、それは楽しみじゃ。他の者からの報《しら》せによれば、石垣普請に取りざたされている大名家を中心に、江戸留守居のお方らが、しきりにお玉ケ池詣《もう》でをしている。そこで掛川藩だけが、まったく動きを見せておらんそうな。資始《すけもと》公は若い殿さんで、無骨者らしいゆえのう」

「その掛川藩太田家の江戸留守居役、志村貴智どのがお玉ケ池の財津屋敷を訪れてございます。それも常盤橋御門の藩邸の裏門から、まるで忍ぶように供ぞろえもきわめて少なく……」

仁左衛門はそのときのようすを語り、

「いまごろ志村どのは財津弾之丞さまと、奥の部屋でひたいを寄せ合っておいでのことかと」

「やはり、掛川藩もなあ」

「なれど、財津さまと志村どのが、いかような話をしておいでか、具体的につかむことはできませなんだ」

「そうであろう。天井裏に忍び込まぬ限りはのう」

青山もおなじようなことを言い、

「なれど、およその見当はつく。実はなあ、ここに至って石垣普請のご下命は、どうやら掛川藩に決まりそうなのじゃ。およそ三万両の仕事ゆえのう、藩のお留守居どのは慌て、財津屋敷に駈け込んだのであろうかのう」

「いまごろ動いても、遅うはございませぬか。これまで財津屋敷には、落ち着きを失うほど来客が多くありましたゆえ」

仁左衛門は三日連続で財津屋敷に入ったときのようすを語った。用人に掛川藩邸にも出入りしているかと訊かれた件も話した。

「ふむ。財津どののほうから掛川藩に、なにやら仕向けたのかも知れんのう。資始公がご承知のことかどうかは知らんが、留守居の志村貴智どのが土壇場《どたんば》になってそれに乗り、なんとかご下命を逃《のが》れようと奔走しているのであろうよ」

「おそらく」

仁左こと大東仁左衛門は返した。

青山欽之庄が隠れ徒目付の大東仁左衛門に、役務の下知以外に感想まで話すのは、仁左衛門をそれだけ信頼しているからであろう。

青山はさらに言った。

「こたびの件で財津どのは、すでにけっこう実入りがあったそうな。財津家が財を得るなど、洒落《しゃれ》にもならぬわ」

「まったくもって」

仁左こと仁左衛門は返した。

掛川藩江戸留守居役の志村貴智が普請奉行の財津弾之丞を訪ね、二人が鳩首《きゆうしゆ》したことは仁左の尾行どおりだが、そこで話された内容は、余人の予測する域をはるかに超えていた。

二人は奥の部屋で家臣たちを遠ざけ、ひたいを寄せ合い、声を低めていた。

躊躇《ちゆうちよ》する志村貴智に、財津弾之丞は口元にうすら笑いを浮かべ、

「腹をくくられよ、志村どの。お家のためでござるぞ」

「なれど、それでは人の命がいくつも……。あまりにも酷《むご》い」

貴智は狼狽《ろうばい》し、弾之丞はさらに、

「よいではござらぬか。数多《あまた》ある町人の命など、いくつ重ねようとご貴殿の忠義の情にくらぶれば、羽毛のごとく軽いものではござらぬか」

貴智は蒼ざめていた。

弾之丞はつづけた。

「いまとなっては、それがしの指南いたした策以外、石垣普請を免れる方途《ほうと》はありませぬぞ」

「ううっ」

貴智はうめき、つぎには、

「よき、よき指南を受けもうした。話したとおり、貴殿への指南料は千両、慥《しか》とお約束いたそう」

「ふふふ、三万両の費消《ひしょう》にくらべれば安いもの。あとはそれがしが幕閣に働きかけもうすゆえ、ご懸念なきよう」

「頼みましたぞ」

言ったときの志村貴智の声は、緊張に掠《かす》れていた。

六

その後、常盤橋御門内の掛川藩上屋敷にも、お玉ケ池の財津屋敷にも、とくに変わった動きは見られなかった。石垣普請に取りざたされた各大名家は、掛川藩にほぼ決まりとなったことに安堵し、重い菓子折りを包むこともなくなったのだろう。

ほぼ決まりの段階で、留守居役の志村貴智が財津屋敷を訪れたのが気になる。

仁左は考えつづけた。ひとつだけ、自信をもって予測しうることがあった。志村貴智の胸中である。お玉ケ池の財津屋敷を辞し、常盤橋御門内の藩邸まで帰る

権門駕籠の中で、

（初めに百両、二百両の鼻薬《はなぐすり》をかがせておけば、こんな苦労はしなかったものを）

思ったはずである。

さらに、

（若い潔癖症の殿にも、困ったものじゃ）

そうも思ったかもしれない。

ほぼ決まったことを覆《くつがえ》すには、賄賂《まいない》も並みの額ではすむまい。あるいは金銭のやりとり以外に、なんらかの策を講じようとしているのか……。青山欽之庄もそこを知りたがっていたが、仁左にも見当はつかなかった。ただ羅宇竹の音を立てながら、周辺に探りを入れる以外にない。羅宇竹は日々の消耗品ではないから、そう頻繁に顔を出すことはできない。財津屋敷で三日つづけて裏手の縁側に店開きができたなど、滅多にあることではない。これ以上声をかければ、それこそ公儀隠密かと疑われることになるだろう。

如月《きさらぎ》（二月）も中旬を過ぎ、下旬に入ったころだった。

仁左が鎌倉へ発つ、数日まえのことになる。

思わぬところから、財津屋敷や掛川藩邸の動きを垣間見《かいまみ》られそうな話が飛びこんで来た。

家路を急ぐ行商人や、陽のあるうちにと土ぼこりを上げる大八車や荷馬、それに町駕籠などが行き交うなかに、忠吾郎がお沙世の茶店の縁台に腰かけ、きょう最後の慌ただしさを見せる街道のながれに視線を投げていた。

忠吾郎が縁台に陣取り、救ってやらねばならないような喰いつめ者はおらぬかと、街道に視線を投げているのは、朝方だけに限らない。一日が終わる夕刻近くも、ときおり縁台で煙草をくゆらせている。この時分にも、ふらふらと江戸に入って来る喰いつめ者がときおりいるのだ。

いましがた商いから帰って来た仁左が、

「旦那、きょうはこちらでしたかい」

と、背の道具箱を縁台の上に降ろし、腰かけた。

この夕刻近くの慌ただしさに、茶店の縁台でゆっくり茶を飲んで行く者などいない。さきほどから客は忠吾郎一人だった。

「どうだ、きょうはなにか成果はあったかな」

「いえ、とりわけこれといった商いはござんせん」

仁左がなにやら探索しており、それの〝成果〟を忠吾郎は訊いたのだが、仁左は成果なしと応えた。実際〝これといった〟成果のないまま、数日が過ぎているのだ。

縁台がにぎやかになった。

「あら、おクマさん、おトラさん。いますぐ淹《い》れますから」

仁左に茶を出し、カラになった盆を小脇にお沙世が言って奥に入った。

「あれあれ、珍しい」

「旦那と仁左さん、ここにおそろいで」

と、おクマとおトラもきょう一日の仕事を終えたようだ。疲れて帰って来たおクマとおトラが縁台に腰を下ろし、お沙世の淹れた茶でしばしのどを湿らせ、寄子宿の路地に帰るのも日課のようになっている。このようにお沙世の茶店で一日の最後の客となるのは、いつもこの顔触れだった。そこにお仙と宇平が加わることもある。もちろん、お沙世の茶店が相州屋の面々から茶代を取ったりはしない。それ以上の手当てを、忠吾郎がじゅうぶんにしているのだ。

腰を下ろしたおクマとおトラに、仁左は言った。

「どうでえ。また一緒に新しい大名家でも開拓しねえかい」

「そうだねえ。このまえの留ちゃんとことそのおとなりさん、いい商いになったからねえ」

「でも、遠いところはご免だよ」

二人は言う。仁左は常盤橋の掛川藩上屋敷を念頭に置いて言ったのだが、おクマとおトラは仁左にとって財津屋敷での商いが、いかなる意味を持っていたかにまったく気づいていない。仁左にはいま、焦《あせ》りの気持ちもある。

「新たなお屋敷の開拓だから、少々遠くてもいいじゃねえか」

言ったところへ、湯飲みを二つ盆に載せて奥から出て来たお沙世が、

「あらあ、きょうは忙しいこと。染谷《そめや》さん、こっちこっち」

街道に声を投げた。

「おぉう、こちらでしたかい。仁左どんも一緒たあ、ちょうどようござんした」

と、相州屋のほうに向かっていた足を茶店のほうへ向けたのは、脇差を腰に帯びた遊び人姿の染谷結之助《ゆいのすけ》だった。

「あらあ、染谷さん」

「寄って行きなさいな」

おクマとおトラは、お沙世の茶店を自分の家のように言う。

お沙世はすぐに染谷の湯飲みも用意した。

縁台に腰を据えた染谷に、忠吾郎は言った。

「こんな時分におめえさんが来るなんざ、呉服橋《ごふくばし》になにかのっぴきならねえ事でも起きたかい」

「なにがのっぴきならないんですか。染さん、いつも来てるじゃないですか」

「このまえなんか、寄子宿《うち》の長屋に泊まって行きましたよ」

おクマとおトラが言う。

染谷がお沙世の出した茶でのどを湿らせ、応えた。

「ま、きょうは泊まりに来たんじゃござんせんが、忠吾郎旦那と仁左どんに、呉服橋の大旦那が、あした金杉橋で会いてえ、と。それを告げに来ただけでさあ。そのときあっしも同座しやすので」

「ほう、そうかい。心得た」

忠吾郎は応えると仁左に視線を向けた。仁左もうなずきを見せた。

「あらあら、その用事だったんですか」

お沙世も言う。染谷や忠吾郎、仁左たちが〝金杉橋〟と言えば、小料理屋の浜久を指す。お沙世の実家である。

おクマとおトラがいるからであろう。仁左は染谷が故意にのんびりとした口調で言っているのを感じ取った。

外濠の呉服橋御門内には北町奉行所がある。染谷が言う〝呉服橋の大旦那〟とは、北町奉行の榊原主計頭忠之《さかきばらかずえのかみただゆき》のことだ。忠吾郎の本名は榊原忠次《ただつぐ》といい、忠之の弟である。遊び人姿の染谷結之助は、北町奉行所の隠密廻り同心だった。だから染谷が粋《いき》な小銀杏《こいちょう》の髷《まげ》で着ながしに黒羽織を着《つ》けた同心姿でないときは、逆に役務中ということになる。

お沙世も、むろん仁左も、それを知っている。ただ話題にしないだけである。

おクマとおトラは気づいておらず、単に忠吾郎旦那の遊び人の知り合いで、呉服橋に相州屋よりも大きなお店《たな》があるようだと思いこんでいる。

忠吾郎も仁左もそう思っている。お沙世もおなじである。

（それでいいのだ）

「それじゃあした、金杉橋で」

染谷は用件だけ言うと、お沙世の出した茶を一気に干し、縁台から腰を上げた。忙しそうだ。

「えええ、もうお帰り？」

「ゆっくりしていけばいいのに」

おクマとおトラは声をそろえる。

忠吾郎と仁左は、脇差を帯びた染谷の背を見送り、互いに顔を見合わせた。染谷が忠之の遣《つか》いで来たときは、奉行所が秘かに相州屋の手を借りねばならない事態が発生したときなのだ。

七

北町奉行の榊原忠之と相州屋の忠吾郎が、金杉橋の浜久で会うといえば、それだけで時間は決まっている。八ツ（およそ午後二時）時分である。この時分ならいずれの飲食の店も昼の書き入れ時を終えており、権門を行使することなく、きわめて自然に望みの部屋が取れるからである。

午前中、仁左は近場をながし、午過《ひるす》ぎには帰って来て忠吾郎と一緒に出かけた。道具箱は長屋に置き、股引《ももひき》に袷《あわせ》の着物を尻端折《しりはしょり》にした、まったく町場に溶けこんだいで立ちである。これで手拭を吉原かぶりにすれば、即町場の行商人の出来上がりである。忠吾郎は恰幅《かっぷく》のいい体軀《たいく》に、鉄製の長煙管を脇差のように差している。実際、イザというときには武器になるのだ。

街道のながれに歩を踏みながら、

「大旦那からのお声がかりたあ、なんなんでやしょうねえ。呉服橋にゃ手に負えねえ支配違いのなにかが」

人や物の多く行き交う往還は、かえって秘密の話をするのに適している。

「ふふふ、呉服橋はおめえを名指しだ。おめえのほうに心当たりがあるんじゃねえのかい」

「滅相《めっそう》もござんせん」

仁左は返したが、財津屋敷と掛川藩邸を念頭に置いて、つい言ってみたのだが、忠吾郎も昨今大名家が城の石垣普請をめぐって落ち着きを失っていることは知っている。そこに仁左がなにやら下知を受けているらしいことも気づいている。

「おっと」

二人は枝道から不意に出て来た大八車を巧《たく》みにかわし、あとは双方とも黙々と歩を進めた。

二人が浜久に着いたのは、ちょうど約束の八ツ時分だった。

「染谷さんから聞いております」

と、女将《おかみ》のお甲が玄関で迎える。忠之と染谷はまだ来ていないようだ。

廊下の一番奥の部屋が用意されていた。手前の部屋には客を入れず、空き部屋にしている。盗み聞きを防ぐためである。この配置を自然に整えるには、やはり書き入れ時の終えたあとに限る。

忠之と染谷が来たのは、忠吾郎と仁左が座についてからすぐだった。座につくといっても、あぐら居に腰を下ろしただけである。

染谷はいつもの役務中の遊び人姿だ。忠之は着ながしに大小を帯び、深編笠《ふかあみがさ》をかぶっている。二人が町を歩いていると、遊び人が浪人の手下をつれているように見える。それでいいのだ。忠之は暖簾をくぐり、玄関に入ってから深編笠をとる。あくまでお忍びである。話の内容も、仁左が来る道すがら言ったように、町奉行所では手出しができない〝支配違いの〟案件であり、奉行所の中で話せるものではないのだ。だからお供の者も、隠密廻り同心でなければならない。相州屋に対し、染谷は忠之の最側近の手足であった。

忠之と染谷はお甲に案内され、部屋に入った。お甲と亭主の久吉は忠之と染谷の素性を知っているが、仲居やその他の奉公人たちは知らない。仲居たちは人宿の亭主と深編笠の組み合わせを奇妙に思い、興味を持ったものだが、お甲が、

「――お客さまについて詮索《せんさく》はなりませぬ」

と、ぴしゃりと言ってからは、興味を口にする者はいなくなった。

部屋の中では、

「待たせてすまんのう。ちと話しておきたいことがあってのう」

と、くつろいだようすで忠之があぐら居に腰を下ろし、その横に染谷もあぐらを組んだ。奉行所の中で同心が奉行の前であぐら居になるなど、およそ考えられないことである。だが、忠吾郎を交えた浜久の座では、形式ばったしきたりは邪魔になるだけだった。

あぐら居のまま忠吾郎が言った。

「兄者《あにじゃ》、また大名か旗本のからんだ問題でも生じやしたかい」

「まあ、そういうところだ。じゃが、きょうあすにどうするというような、切羽《せっぱ》詰まったことではない。ゆっくり聞いてくれ」

「兄者よ、聞くめえに言っておきやすが、わしは世のためなら動きやすが、お上《かみ》の手先になるのはご免ですぜ」

忠吾郎の伝法《でんぽう》な口調に仁左はうなずきを見せ、忠之と染谷は苦笑いの態《てい》になった。

「ふふふ、おまえらしいことを言うのう。それでよい」

忠之が返し、こんどは忠吾郎と仁左が苦笑いをする番だった。

忠吾郎こと忠次《ただつぐ》が次男坊の気軽さもあってか、なにごとにも形式ばった武家の生活を嫌い、七百石を食《は》む旗本の榊原家を出奔《しゅっぽん》したのは二十歳《はたち》のときだった。それは同時に、衣食住のついた日々との決別でもあった。

(――さて、困ったわい)

と、思いながら気がつけば、屋敷時代に欠かさなかった剣術の稽古《けいこ》がモノを言ったか、渡世人《とせいにん》の世界に身を置いていた。一宿一飯の恩義に与《あず》かりながら関東一円から東海道に股旅《またたび》をつづけ、小田原《おだわら》では一家を構えた。

その渡世のあいだに、各地で喰いつめた者たちの惨状や、江戸に行けばなんとかなるのではと、すがるように街道をさまよう男や女たちを幾人も見た。

ならば、少しでも助けてやることはできないか、と一家を子分の代貸《だいがし》に譲り、江戸に出て開いたのが田町札ノ辻の相州屋だった。年行《としゆ》きはもう還暦を過ぎたが、十年以上もまえに相州屋を立ち上げたときの気概は衰えていない。それどころか、思いがけなくも実兄が北町奉行に就《つ》いていたことから、口入れに奔走するのが予期せぬ方向に進むこともあった。

「呉服橋の大旦那」

声を入れたのは仁左だった。

「なにをどうするかは、相州屋《うち》の旦那が判断しまさあ。いままでの例から見りゃあ、大旦那のお求めのところは、あっしら相州屋の者にも得心の行くものでござんした。聞かせてもらいやしょうかい。きのうの染どんの話じゃ、なぜかあっしもご指名に与かりやしたようで」

「ほう、さすがは町場も武家地も縄張《なわばり》にしている羅宇屋だ。なかなかいい勘をしておる。話そう」

忠之は応えた。

仁左はすでに、榊原忠之の話が、城の石垣普請に関するものであることを感じ取っている。忠之も仁左の本名までは知らないものの、隠れ徒目付であることに勘づいている。というより、見抜いている。忠之は一度、殿中に出仕したおり本丸御殿の表玄関前で、徒目付詰所に向かう武士姿の仁左を見かけているのだ。それを忠之は忠吾郎に話し、質《ただ》したことがある。忠吾郎は合点し、

「――当人がみずから話すまで、知らないふりをしよう」

と、話し合ったのだった。

仁左も、気づかれていることに勘づいている。

それを踏まえたうえで仁左は、これから奉行が話そうとしていることに、

(関心ありやすぜ)

と、先手を打つように告げたのだ。

「ふむ」

忠之は肯是《こうぜ》のうなずきを見せ、

「いま柳営で、石垣の大規模普請をどの大名に下命するか取りざたされているのは、そなたらも知っていよう」

忠吾郎が無言でうなずいた。もちろん仁左もうなずきを見せた。

忠之はそれを確認し、話をつづけた。

「きのうのことだ。評定所《ひょうじょうしょ》で最終的な膝詰《ひざづめ》があってのう、遠州の掛川藩太田家五万三千石に決まった」

「えっ」

声を上げたのは仁左だった。掛川藩は下命を免れるため、留守居の志村貴智が

普請奉行の財津屋敷を訪ねたはずである。

（奏功《そうこう》しなかったのか）

一瞬、脳裡を走った。

忠之と忠吾郎、それに染谷までが、仁左に視線を向けた。

（なにか心あたりがあるのか）

そんな目つきだった。

そこに気づいた仁左は、

「い、いや、なんでもございませんよ。ただ、その掛川藩とやら、お気の毒にと思ったただけでさあ」

「そんなことを、なにゆえわしらに」

仁左への助け舟を出すように、忠吾郎が忠之に問いをかぶせた。

忠之は応えた。

「概算で三万両の大普請になる。江戸中の口入屋に声がかけられ、大勢の石工や運び屋やさまざまな人足《にんそく》がかき集められよう。陸《おか》の運び屋だけじゃのうて、海じゃ廻船問屋も動員されよう。そうなれば、町場を管掌《かんしょう》する儂《わし》らも係《かか》り合《お》うて来るでのう。それで事前に、おぬしらに話しておいたほうがよかろうと思うたまでじゃ」

「三万両はあくまで概算であり、かような普請などは、動き出しゃあ費消《ひしょう》は四万両、五万両と、どこまで膨《ふく》らむか知れたもんじゃありやせん」

染谷が遊び人姿にふさわしい口調で言った。

「そこになにが起こるかわかりやせん。なにぶん大名家の掛川藩や、普請奉行の旗本がからんでおりやす。町奉行所じゃ手が出せやせん。そのときは相州屋さんの力を借りてえと思いやしてね」

「まあ、そういうところじゃ。とりあえず、きょうの話はそこまでてな」

「そうそう」

また染谷が言った。

「廻船問屋では浜松町の大浜屋が請負い、なにを運ぶのか知りやせんが、すでに千石船が遠州掛川に入っているそうな。大浜屋は江戸の十組問屋に入《へえ》っておらず、どんな大掛かりな普請になるか知れねえのに、なんで単独の廻船問屋を動かしたのか。そこにも、なにやら危ねえものを感じやして。相州屋は大浜屋と奉公人の口入れなどで取引がありやしょう。気にとめておいてくだせえ」

染谷の説明に忠之はしきりとうなずきを入れていた。おそらく忠之が染谷に命じ、探索させたのだろう。

「ま、気にとめておきやしょう。というより、人足どもが理不尽な扱いを受けねえよう、口入屋仲間にも言っておきやしょうかい」

忠吾郎は応えた。

実際、きょうの話はそれだけだった。


帰りの道に陽はまだ高かった。

歩を踏みながら、仁左はいくらか興奮気味だった。大浜屋の話は忠吾郎も仁左も初耳だったが、さきほど忠之と染谷が語ったことに、仁左はすでに係り合っているのだ。むろん仁左は、内心の興奮をおもてにあらわしたりはしない。

だが、言った。

「旦那。まだ事件も事故も起きていねえのに、呉服橋の大旦那も染どんも、あっしらをわざわざ浜久に呼ぶなど、なにを懸念しているんでやしょうねえ」

「ふふふ。おめえ、わからねえかい。兄者も染谷も、こたびの件になにやら起こりそうな予感がしているのだろうよ。呉服橋の勘は、あなどれねえからなあ」

「そういやあ染どん、〝なにやら危ねえものを感じやして〟などと言っておりやしたねえ」

「ああ、近いうちに一度浜松町に行って、大浜屋の浜十郎《はまじゅうろう》旦那に会い、庄造や惣平のようすを見て来ようかい。そうそう、その近くの西海屋にも顔を出し、お栄にも会って来るか。お沙世の話じゃ、庄造とお栄が祝言《しゅうげん》を挙げるらしいからなあ。お祝いをなにか考えておかなきゃならねえし」

「行くときゃ、あっしも一緒に連れて行ってくだせえ」

「おう、そうするかい」

「へえ、お願《ねげ》えしやす」

言っているうちに、二人の足は札ノ辻に入っていた。

「あーら、お二人とも早かったのですねえ。お茶でもどうぞ」

お沙世が声をかけてきた。

「おう」

と、二人は縁台に腰を下ろした。となりの縁台には駕籠舁《か》き人足が二人、茶を飲みひと息入れていた。

その二日後だったのだ。大浜屋の惣平が顔を引きつらせ、

「――沈んだらしいのです、壱浜丸が！　庄造もっ」

と、札ノ辻を品川のほうへ駈け抜けて行ったのは。

浜松町に出向いたおクマとおトラは、遭難現場が由比ケ浜だと聞き込み、大浜屋の店先で狂乱状態になったおカツを目撃した。仁左も大浜屋の近辺で、難に遭ったのが惣平の言ったとおり、大浜屋の壱浜丸であることを確認した。

翌朝である。仁左が真相を探ろうと、忠吾郎、お沙世とお仙、おクマとおトラに見送られ、道中差を帯びた旅姿で鎌倉の由比ケ浜に向け発ったのだ。

仁左はそのような鎌倉への出立《しゅったつ》を、目付の青山欽之庄に報《しら》せる余裕はなかった。呉服橋には忠吾郎が知らせるだろう。染谷が言っていた〝なにやら〟が起こったのかもしれないのだ。

二　見えて来た陰謀

一

（壱浜丸の遭難は、志村貴智《たかとも》と財津弾之丞とのあの日の談合に、なにか係《かか》り合《あ》いがあるのか。それとも、単なる事故なのか）

大浜屋の船であっても、大名家御用達《ごようたし》であり、浜久で忠之らと談合したとき、まだ江戸の町奉行所には伝わっていなかったのだろう。忠之も染谷も関心はもっぱら、大名家が江戸でどのように職人や人足を集め、そこに不正や理不尽が発生しないかどうかにあったのだ。事件か事故かは、いずれ伝わるだろう。

だが仁左にとっては、遭難した船が掛川藩御用達であればこそ、すでに目付より下命されている旗本の財津家と掛川藩への探索に、大きく係り合っている、と判断しなければならない。

急ぐ一歩一歩に、早くもさまざまな疑念が高まって来る。

（積荷はなんだったのだ。まさか石垣の石材を積んでいたわけではあるまい）

思っても答えは出て来ない。

（ともかく現場に）

仁左の足はすでに品川を抜け、六郷川《ろくごうがわ》の渡しも渡り、陽が西の空にかたむきかけたころには、東海道四番目の宿場である保土ケ谷《ほどがや》に入っていた。

江戸から鎌倉へは、東海道を保土ケ谷まで進み、保土ケ谷から鎌倉街道へ入ることになる。急ぎに急げば、夜には着ける。

大浜屋の惣平が札ノ辻を過ぎたのは、きのうの朝である。その日のうちに鎌倉に入り、きょうは朝から由比ケ浜へ出向き、いまごろはなにがしかの成果を得ているかもしれない。

急いだ。街道の早駕籠《はやかご》にも乗った。惣平たちもそうしたはずである。気は仁左以上に逸《はや》っているはずなのだ。

（今宵《こよい》は無理だろうが、あしたは惣平どんの所在を尋《たず》ねることから始めるか）

思いながら鎌倉の町並みに入ったのは、すでに陽は落ち火灯《ひとも》しごろになった時分だった。

　さすがは往時の開幕地《かいばくち》で、鶴岡《つるがおか》八幡宮や長谷《はせ》の大仏を擁《よう》する鎌倉である。日暮れてもなお灯《あか》りのある往還《おうかん》に人の行き来は絶えず、旅籠《はたご》の出女《でおんな》たちの呼び込みのにぎやかさも、東海道筋の大振りな宿場に引けをとらない。

　惣平を找《さが》すためである。物見遊山《ものみゆさん》の客が泊まる表通りの旅籠は避け、いくらか枝道に入り、うるさい出女も出ておらず、商人など常連客の泊まりそうな旅籠でも大きめなところを選んでわらじを脱《ぬ》いだ。花見どきでもいずれかの寺社の縁日でもなかったせいか、相部屋にならずひと部屋とることができた。

　さっそく女中に訊いた。

　みょうだ。江戸の商家の手代と小僧の二人連れが、おなじ宿に泊まっていなかったのはともかく、

「そりゃあ沖合は毎日幾艘《いくそう》もの船が行き交い、千石船《せんごくぶね》も珍しくありません。三日か四日まえですか。沖合で沈んだ？　さあ、そんな話、聞いておりませんが」

　女中は言う。

　もちろん、他の女中にも番頭にも訊いた。いずれも応《こた》えは、

「沖合で千石船が沈んだり船火事を起こしたりすりゃあ、それこそ町中が大騒ぎになりますよ。町はいたって静かでして、はい」

「ここんところ、強い風が吹いたってこともありませんが。船が座礁《ざしょう》？　なんですか、それは」

というようなものであった。

「ともかく三日か四日めえでよ、五日めえかもしれねえ。千石船でなくても、由比ケ浜の沖合で船が難に遭《あ》ったって話は聞いておりやせんかい。どんな些細《ささい》なことでも。船同士の衝突でも」

喰い下がると、番頭にも女中にも訝《いぶか》られる始末だった。

町場に出て漁師に訊こうにも、きょうはもう遅すぎる。

（ん？　まさか！）

ハタと気づくものがあった。きのう浜松町に走ったとき、遭難が壱浜丸であることは確認したが、場所は直接には聞かなかった。おクマとおトラが話しているのを聞いたのだ。

「うーむむむ」

仁左はようやく思いいたった。惣平についていた小僧は〝ゆいのはまで〟と言っていたのだ。〃ゆいがはまで〃ではなかった。

仁左が保土ケ谷を急ぎ足で過ぎた、まだ明るい時分だった。

染谷結之助が相州屋を訪れていた。路地から裏手の居間の縁側にまわり、

「どうしたい」

と、忠吾郎は縁側に座りこみ、お沙世も染谷について来て、お仙も長屋の部屋から出て来た。お沙世もお仙もけさ早く仁左を見送ったばかりである。染谷が来たとなれば、どんな話か気になる。お仙もさすがに武家の出か、染谷の素性《すじよう》に気づいているのだ。

忠吾郎は縁側にあぐらを組み、染谷はそこに腰を下ろし、お沙世とお仙は庭から染谷を囲むように立っている。

「どうしたい、染どん。仁左に用なら、いま遠出《とおで》していていねえぜ」

「さようですかい。まあ、きょうあすを急ぐことじゃござんせんが、ともかく早いほうがいいと思いやして」

忠吾郎が言ったのへ染谷は身なりに合った口調で返し、お沙世が、

「焦《じ》れったいですねえ、染谷さん。なんなんですよう、こんな時分に見えたご用

件は」

いかにも焦れったそうに言い、お仙もうなずきを見せた。きょうこの面々は、鎌倉へ急いだ仁左を見送った余韻が、まだ残っているのだ。

染谷はあらためて上体を忠吾郎のほうへ向け、

「掛川藩の御用を請負《うけお》った、大浜屋の壱浜丸という千石船がゆいの浜で沈みやした。積荷はなんだったか、大浜屋と掛川藩の内緒になっていて慥《しか》とはつかめねえんでやすが、どうやら石垣普請《ふしん》に費消《ひしょう》する御用金らしく、場合によっちゃ三万両まるごとかもしれやせん」

「なんだって！」

忠吾郎が声を上げた。伝わっていた。しかも御用金がらみである。

「えぇえ！」

「御用金ですって！」

お沙世とお仙も同時に声を上げた。

壱浜丸の遭難を相州屋が知ったのはおとといである。奉行所が他国での船の事故を詳しく掌握《しょうあく》しているわけではないが、積荷が御用金三万両だったかもしれないことには驚いたはずだ。とくに忠吾郎は、三万両もの御用金を海路で、しかも分散せず一艘の船で運んでいたかもしれないことにも驚きを禁じ得なかった。驚きというよりも、疑念といったほうが当たっているかもしれない。

忠吾郎はそれを染谷に確かめようとしたが、いまの染谷の言葉に、

「ん？」

と、引っかかるものを感じた。

言った。

「染どんよ。いまおめえさん、壱浜丸の遭難現場を、ゆいの浜と言いなすったなあ」

「へえ、申しやした。東海道は駿河国《するがのくに》、駿州《すんしゅう》の由井《ゆい》でさあ。江戸から陸路なら箱根を越えることになりやすから、四日はかかりやしょうか。どんなに急いでも三日はかかりまさあ」

裏庭の縁側が一瞬凍《い》てつき、忠吾郎とお沙世、お仙が互いに顔を見合わせた。

染谷はその異様な雰囲気に、

「どうかしやしたかい」

「旦那さま。どう、どうしましょう」

染谷の問いには応えず、お沙世が忠吾郎に言った。切羽《せっぱ》詰まった言いようだっ

た。ここでおクマとおトラの早とちりを責めても詮無《せんな》い。仁左を含め一同とて確かめもせず、そう思いこんだのだ。

　染谷がまた、

「どうしたんですかい、皆さん」

　忠吾郎が珍しく、口ごもりながら応えた。

「実はなあ、わしらなあ、その、由井の浜を、由比ケ浜と間違《まちご》うてなあ。仁左をけさ早うに鎌倉へ送り出したのだ。あやつの足だ。もう保土ケ谷を過ぎ、鎌倉に近づいているころだろう」

　笑うに笑えない。

「なんだって」

「わたくしが、これから宇平をつれ、鎌倉に発《た》ちましょうか」

　染谷が声を上げたのへ、お仙が真剣な表情で言った。

　お沙世が瞬時緊張した表情になったのへ、忠吾郎が応じた。

「いや、それには及ばねえ。あやつのことだ。鎌倉に入りゃあ今夜中にも間違《まちげ》えに勘づき、あしたの夜には江戸へ戻って来るか、それとも由井に気づき、朝早《はよ》う駿州に向け発つことだろう。鎌倉から由井なら、二日はかかろうかなあ」

「そうでやすねえ。仁左どんなら気づきゃあ、江戸へ戻らずそのまま由井に向かいやしょう。なあに、ちと遠まわりしただけのことでさあ」

「ならばいいんですけど」

お仙が安堵したように言ったのへ染谷は、

「それよりも、どういうことですかい。皆さんがた、早とちりはありやしたが、大浜屋についちゃあ、あっしゃ呉服《うち》橋の大旦那よりも詳しく知っておいでのようで」

「あはは、染谷どんよ。おめえさんも言ってたじゃねえか。相州屋は口入れの件で大浜屋とけっこう深い交わりがあるから、と」

「ああ、それで」

染谷は納得し、さらに忠吾郎が、

「だがなあ、三万両を一艘の船で運んでいたかもしれねえことには驚くぜ」

言ったところへ、

「あら、お沙世ちゃん。こっちに来てたの」

「どおりで茶店にいないと思った」

と、おクマとおトラが路地から裏庭に入って来た。

「え、ええ」

お沙世は返し、おクマとおトラは疲れた顔で寄子宿《よりこやど》の自分たちの部屋に戻って行った。

染谷が低声《こごえ》で言った。

「まだわかっていねえようで」

「それでいいのだ」

忠吾郎も低く返した。

染谷はこのあとすぐ呉服橋の北町奉行所に帰り、奉行の榊原忠之に遭難の件と積荷が御用金三万両だったかもしれないことを相州屋に伝え、仁左が由井の浜と由比ケ浜を間違え、鎌倉に向かったことを報告した。

忠之は苦笑し、

「まあ、あやつのことだ。すぐに気づき、鎌倉から直接由井に向かおうて」

忠吾郎とおなじことを言い、わずかに口元をゆるめた。おなじく染谷もゆるめていた。

相州屋の早とちりを嗤《わら》ったのではない。急いで発った仁左は、おそらく現場への出立《しゅったつ》を目付の青山欽之庄に報告する余裕もなかったであろう。ということは、隠れ徒目付の動きを、城内の目付部屋よりも町奉行所のほうがさきに知ったことになる。そこが忠之にも染谷にも愉快《ゆかい》だったのだ。

二

仁左が、

（えっ、由井の浜を由比ケ浜と聞き違えた？）

と、疑念を強めたというより気づいたのは、染谷結之助がそれを奉行の榊原忠之に報告していたのとおなじころだった。

気づいたとき仁左はいくらか迷ったが、

（よし、あした早くに駿州の由井に発とう。なあに、少々まわり道をしただけのこと）

と、忠吾郎や忠之とおなじことを思った。

だが、完全に迷いを払拭《ふっしょく》したわけではない。

丸一日、急ぎに急いだ疲れがどっと出てきた。

女中に訊けば、風呂は一人ずつ入る五右衛門《ごえもん》風呂ではなく、町中《まちなか》の湯屋とおなじで数人が一度に入れるから、いつでもどうぞということだった。

「これは助かる。どっぷり浸《つ》かって存分に手足を伸ばせる」

と、手拭《てぬぐい》を肩にかけた。

町場の湯屋はどこでも板敷きの脱衣場の奥に柘榴口《ざくろぐち》という、天井から下りて来て下の部分のみが、身をかがめて入れるようになっている板壁がある。その内側が湯舟《ゆぶね》で、五、六人がゆっくりと浸かれる構造である。この旅籠の湯も、それとおなじ造りだった。

こうした柘榴口は、中の湯気を外へ逃がさないための工夫である。だから湯舟の中は明かり取りの窓もなく、昼間でも暗く、あとから入る者は先客とぶつからないように、声をかけて入るのが作法になっている。また、先客がいるかどうかは、話し声や湯音で判断する。

これが町内の湯屋なら、声だけで〝おや、これは横丁のご隠居〟などと、互いに話がはずむことになるが、旅籠の風呂では知らぬ者ばかりだ。

いまはすでに夜になり、脱衣場も蠟燭《ろうそく》の灯《あか》りのみである。湯舟はさらに暗い。

「へい、ご免なすって」

仁左は声をかけ、柘榴口をくぐった。

「おう」

声が返って来た。

先客がいる。湯音と気配から、二、三人のようだ。

「ふーっ、極楽」

と、仁左は湯の中で手足を伸ばした。至福のひとときである。

先客同士が話している。二人で、ほかにも一人いるようだ。

その一人が話しかけてきた。

「お疲れのようですねえ。きょう鎌倉にお着きで」

「へえ、暗《くろ》うならねえうちにと思ったのでやすが、こんな時分になってしまいやして」

「それは、それは。わたしもです」

あとはつづかない。会話は、自分の所在を示すための作法でもある。

二人連れらしいのが、相客《あいきゃく》には関係なく話している。それによって二人の位置がわかり、大声でもない限り、これもまた作法にかなっている。

真っ暗である。ときおり湯音を立てて自分のいることを示すだけで、聞こうとしなくても話す者がおれば聞こえる。

「こうもやることなく、一日中、湯に浸かったり出たりしてたんじゃ、からだがふやけちまうぜ」

「まったくだ」

何者たちなのか、物見遊山でもなく、ひまを持て余しているようすだ。

なおも聞こえて来る。すぐ脇で話しているのだ。

「掛川に戻るな、江戸に出るな、東海道筋から離れ、ほとぼりが冷めるまでのんびりしておれたあ、ほんと困ったお下知《げじ》だぜ」

「まあ、あのときからが、なんともみょうなご下命《かめい》だったぜ。波間に艀《はしけ》を出し、助《す》けるんじゃのうて、その逆たあなあ」

「それでゆいからゆいたあ、洒落《しゃれ》にもならねえ。さあ、今夜も飲みに行くかい」

「おう、そうするか。まったく目覚めのよくねえ仕事だったぜ」

ここまで話せば、仁左の気を引かないはずがない。〝掛川に……〟の言葉が出たときから、仁左の心ノ臓はドキリと打ち、あとは固唾《かたず》を呑《の》む思いで聞き耳を立てた。ここ鎌倉は男たちの言うとおり、東海道筋から確かに離れている。〝ゆいからゆい〟とは、駿州の由井《ゆい》と鎌倉の由比《ゆい》のことに違いあるまい。〝波間に艀を出し〟との言葉もあった。

確信を持った。なにがしかの海難のあったのは、東海道の駿州由井宿《しゆく》に間違いない。瞬時、また迷った。この二人に密着するか、それともあす早く駿州の由井に発つか……。二人は鎌倉に潜《ひそ》んでいるようだ。それに近づくのは、相手の警戒心を呼ぶだけのことだろう。逃げられれば、それこそ成果なく数日を過ごしただけになってしまう。

（えぇいっ）

――バシャ

と、明朝早く発つことにした。

男二人は柘榴口を出た。浅黒く筋肉質の鍛えた体軀《たいく》の男たちだった。

仁左は追わず、湯舟に残った。

湯音を立て、さきほどの先客に話しかけた。

「ひまそうなお人らのようですなあ。これから飲みに行くとは」

「ああ、そのようで。なにやらわけのわからんことを言ってなすったが。わたしは日暮れに着き、あした日の出には出立《しゆつたつ》ですよ」

言うと先客も柘榴口を出た。

入れ代わるように新たな客が三人ほど入って来た。遊山の客か、湯舟の中は急ににぎやかになった。

　上がってから女中に訊いた。

「ああ、あのお二人ですか。三、四日まえにお越しになったようで、いつまでご逗留《とうりゅう》か知りませんが」

　とのことだった。

　駿州由井の浜で遭難があり、それから鎌倉に来たと推測すれば、日数は合う。それに男二人は〝波間に艀を出し、助けるんじゃのうて、その逆たあ〟などと、みょうなことを言っていた。壱浜丸の遭難と、係《かか》り合《あ》いがないとは言えない。難に遭った船を助けるのではなく、〝その逆〟とは、

（いってえ、どういうことでえ。尋常《じんじょう》じゃねえぜ）

　気が逸《はや》る。さっきの二人組を締め上げれば、なにかがわかろう。だが、探索の手を入れたことが相手方に知れる。

（こんなとき、染どんか玄八《げんぱち》どんがいてくれたなら）

　思われてくる。玄八とは、染谷についている岡っ引である。すでに幾度も仁左と阿吽《あうん》の呼吸で動いている。

　手が足りない現在《いま》、あらためてさきほどの二人組は捨て、ともかく駿州由井に

急がねばならない。

三

日の出まえだった。

宿《やど》の玄関にはすでに出立する泊まり客が出ている。仁左もそのなかの一人である。ケガの功名《こうみよう》と言うほかない。

（思わぬ拾い物ができたぜ）

胸に収め、女中たちに見送られ旅籠を出た。

東海道へは七里《しちり》ケ浜《がはま》から江《え》ノ島《しま》を経て藤沢《ふじさわ》へ出る往還をとった。相州《そうしゆう》の藤沢から駿州の由井までは箱根越えがあり、どんなに急いでも二日はかかる。

江戸から鎌倉へ一日で入ったように、ともかく急いだ。道中手形は忠吾郎の用意したものがふところに入っている。なくとも仁左こと大東仁左衛門には関所の通過に奥の手があるが、それは使わずにすんだ。〝江戸田町相州屋手代《てだい》仁左〟でとおした。

由井宿の地を踏んだのは、箱根で天候がくずれたこともあって、鎌倉を発ってから三日目の午前《ひるまえ》になってしまった。

由井は江戸から三十八里半（およそ百五十四粁《キロ》）十六番目の宿駅となる。町場は街道沿いに四丁（四百米《メートル》余）ばかりつづき、民家は百軒を超していようか、旅籠を中心に商家、網元《あみもと》の家などで、小ぢんまりとした漁村を兼ねた宿場町の風《ふ》情《ぜい》がある。

惣平は小僧をつれ、この由井に来ているはずだ。小さな宿場であれば、鎌倉と違って找《さが》しやすい。宿をとるよりも、道中笠《どうちゅうがさ》に振分《ふりわけ》荷物を肩にかけたまま、ともかく海辺に出た。栈橋《さんばし》を組んだ船着き場がある。

その栈橋に立った。この沖合で壱浜丸は、なにがしかの難に遭ったのだ。

（さあて、どこからどう手をつけるか）

思いながら笠の前を上げ、白帆の船や漁師たちの網舟《あみぶね》が点々と浮かぶ沖合に視線をながし、浜のほうへ目を戻すと、

「相州屋の人では！」

声とともに手を上げ砂地を走って来る男の姿が目に入った。すぐうしろに、もう一人つづいている。惣平と小僧だった。

「おおうっ。找そうと思っていたのだ」

仁左も手を上げ、桟橋を走り砂地に立った。

「やっぱり羅宇屋の仁左さんだ。どうして！」

「よかった、よかった。着いたばかりで見つかって」

言葉を交わす惣平の背後で小僧が息せき切っている。

二日まえの夜に着いたという。

「ともかくここじゃ吹きさらしだ。どこかゆっくり話せるところはねえか」

「ならば、とりあえず宿に戻りましょう。仁左さん、お宿は」

「まだだ。着いたその足でここへ来たのだ」

「ならば私どものところへ」

ともかくもとりあえずもない。互いに話したいことや訊きたいことが山ほどある。街道の町並みに戻り、惣平たちがわらじを脱いでいる宿に入った。もみじ屋といい、大きくも小さくもなく、数日逗留するには手ごろな宿だった。部屋は一階の奥のほうで、仁左が加わり三人が相部屋になれる広さはあった。

「相州屋《うち》の忠吾郎旦那がいたく心配《しんぺえ》しなすって、惣平どんになにか手伝うことがあれば手を貸して来いと、俺を遣《つか》わしたのでさあ」

仁左は自分がわざわざ由井まで来た理由《わけ》を語った。

「えっ。忠吾郎旦那が、そんなに大浜屋のことを」

と、惣平は恐縮の態《てい》となった。

「それだけじゃねえぜ。向かいのお沙世なんざ、おめえさんら二人が札ノ辻を駈け抜けたあと、真っ青になってなあ。庄造どんとお栄ちゃんのことがあるもんだから、俺に一刻でも早く無事を確認して来てくれと、両手を合わすのよ」

「そう、それもあるんですよ。おとといは夜も遅かったものですから、きのう夜明けとともに市助《いちすけ》と海岸に走りまして……」

小僧の名は市助で、見るからに目端《めはし》の利く働き者のようだ。惣平の横でしきりにうなずいている。

聞けば目撃者がおり、難は船火事だったという。それも夜らしい。

「朝を待ち、宿場役人をはじめ町からも人が海岸に出て、艀《はしけ》も出し……」

生存者はいないか探索してくれたという。火災のとき引き潮だったため、船は碇《いかり》の綱が切れたか燃えながら遠ざかり、やがて見えなくなって海岸に打ち上げられた死体はなく、燃え残った板切れなどがほんのすこし漂着しただけで、それらは船番所に保管されているという。

船火事を起こしたのが江戸の大浜屋の持ち船とわかったのは、その日の夕刻近

くに壱浜丸が艫綱《ともづな》を由井の桟橋に舫《もや》い、水と糧食と薪《まき》を町で購《あがな》い積みこんだためらしい。そのとき、

「陸《おか》に上がって船番所に届け出たのが、荷物賄方《にもつまかないかた》として乗り組んでいた庄造だったのです」

そのあと壱浜丸は艫綱を解き、かなり沖合に出て碇を下ろしたという。夜明けとともに出立する算段だったのだろう。

桟橋で夜を過ごさなかったのは、奇異なことではない。積荷が高価で持ち運びの容易なものだったなら、盗賊の侵入を恐れわざわざ沖合に泊めるのはよくあることなのだ。

「だから、積荷は金塊《きんかい》か千両箱ではなかったのかとのうわさが立ち、宿場のお人ら、火の手の上がったのが引き潮どきで、満ち潮じゃなかったのを残念がっておりました」

と、惣平はいくらかいまいましさを込めて言った。潮が寄せておれば、船は海岸に近いところで沈み、海底に散った金塊か小判も引き上げやすい。沖に流されながら沈んだのでは引き上げられず、場所も特定できない。満ち潮に引き寄せられていたなら、いまごろ海岸はお宝探しで人が群れていたかもしれない。

「そうですかい。それで死体は一人も浜には……。ということは、沖に漂流しているかもしれねえということになりやせんかい」

「それも考えまして、きのうのうちに、由井の船番所を通じて両どなりの蒲原《かんばら》と奥津《おきつ》の宿《しゅく》にも捜索を依頼してあるのですが、いまのところなにも……」

蒲原も奥津も由井と同様、富士山を背負った宿場町であり、その絶景がかえって虚《むな》しく思える。

「そうですかい。おカツさんという人が、大浜屋の店先でなあ……」

仁左が、おクマとおトラから聞いた話を披露すると、

「あ、知ってます。義平さんのおふくろさんだ。金杉通りの長屋で、もちを焼いてもらったことがあります」

「働き者の水手《かこ》で、やがて舵取《かんどり》になれる若い衆でした」

思わず言った市助の言葉に惣平がつなぎ、座に漂《ただよ》っていた悲壮感をさらに強めた。その空気を変えようと仁左は、

「ところで惣平どん、船火事ってえのは初めて聞いたんだが、きのうきょうと探索しなすって、そこに不審な点はなかったかい」

鎌倉の旅籠の湯舟で聞いた話が念頭にある。

仁左はそれを伏せた。大浜屋にもなにか隠すべきことがあるのかもしれない。それが証拠に、惣平は積荷を町のうわさとして〝金塊か千両箱〟とあいまいに言っただけで、まだ明確に言っていないのだ。あるじの浜十郎から現地に遣《つか》わされた手代なら、積荷を知らないはずはない。それを言わないから、仁左も話を混乱させないため、敢《あ》えて話題にしなかったのだ。あくまで相州屋忠吾郎に言われ、一介の羅宇屋が義《ぎ》俠心《きょうしん》から手伝いに来たのである。もちろん、由井の浜と由比ケ浜を間違ったことも言わなかった。それに、そんな笑いを誘うような話は、この場には合わなかった。

「ありました。それがどうも、みょうな船火事らしいのです」

　惣平は応えた。

「浜辺から一部始終を見ていた人が幾人かおりまして。陸《おか》でも海でも失火なら、最初は小さな火が徐々に大きくなり、やがて手がつけられなくなるものですが、壱浜丸は一点の火が見えるなりアッというまに燃え広がり、船全体の形が火だるまになったように見えたらしいのです。それが引き潮に乗って徐々に遠ざかり、やがて見えなくなったというのです」

「まるで舳先《へさき》から艫《とも》まで、胴間《どうま》（甲板）全体に油の樽《たる》でもひっくり返したんじゃないか、とおっしゃる人もいました」

市助が口を入れた。気になっていたのだろう。

「油を？」

仁左は首をひねった。

「それだけじゃありません」

惣平はつづけた。

「火事明かりで見えたというのです。火の手が上がったとき、すでに壱浜丸のまわりに幾艘かの艀が出ていたらしいのです。助けに行ったのなら、手まわしがよすぎます。それも最も近い由井の浜からじゃないのです。きのうもあちこちに問いを入れたのですが、蒲原や奥津の衆は、船火事そのものにも気づいていなかったようなのです」

「うーむ」

仁左は唸《うな》ると同時に、心ノ臓は早鐘《はやがね》を打っていた。鎌倉で湯舟の二人組は、

「――波間に艀を出し、助《す》けるんじゃのうて、その逆たあなあ」

と、言っていたのだ。

惣平たちが由井の浜で聞き込んだ内容と、湯舟の二人組の話がみょうに合致す

るではないか。いまさらながらに仁左は、人手がなかったからとはいえ、あの二人を押さえなかったのが悔《く》やまれた。

「仁左さん、どうかなさいましたか」

「い、いや。あまりのことに、驚いただけでさあ。で、このことは江戸の大浜屋さんには？」

「きのうの午前、宿場役人に頼んで早飛脚《はやびきやく》を立て、壱浜丸が船火事で沈んだこととと積荷の引き上げは不可能なこと、生存者は目下《もつか》探索中であることを文《ふみ》に認《したた》めました。船番所の話では、箱根で天候さえくずれておらねば、きょうの夜には浜松町に着くとのことです」

さすがに惣平で、やることにそつがない。

昼は宿《やど》ですませ、午後はふたたび浜に出て、せめて遺体が打ち上げられていないかと一帯を歩き、あるいは走った。ときどき立ち止まっては海に向かい、

「しょーぞーっ」

惣平が庄造の名を呼べば市助は、

「ぎへーさーん」

と、義平の名を叫んだ。

もちろん、船頭《ふながしら》や舵取《かんどり》たちの名も出た。

　千石船といえど乗り組んでいる者は、そう多くはない。船頭に操船を差配する船親父《ふなおやじ》、舵《かじ》を取る舵取に風の強さと向きを読む船表《ふなおもて》、下働きの水手《かこ》が数名に飯炊《めした》きなどだ。さらに商舗《みせ》からは積荷を点検し船中監視する上乗《うわのり》と、その補佐の荷物賄方が乗り組む。荷の積み降ろしは沖仲仕《おきなかし》の仕事である。

　こたびの壱浜丸には庄造が荷物賄方で、おカツのせがれの義平は水手だった。惣平も荷物賄方として幾度か乗り組んだことがある。

「嵐のときは、ともかく船から落ちないようにし、船火事のときは火焔《かえん》が手に負えなくなれば、船も荷も捨て板切れを抱え海へ飛び込め、と耳にたこができるほど教えられました」

　惣平は言う。

　だから、

「幾人かは水に飛び込んでいるはずです」

　と、市助とともに浜を走ったのだった。引き潮とはいえ、一人くらいは生きて浜に流れつく可能性はないとは言えない。

　土地《ところ》の漁師たちも、もみじ屋の奉公人たちも、手の空《あ》いているときは、それぞれに合力《ごうりき》してくれた。

翌日も、その翌日も三人は範囲を蒲原と奥津にまで広げた。

なんらの手掛かりも得られなかった。

仁左が由井に入ってから三日目の夜だった。

「気持ちはわかるが、どうだろう。これだけ探索して一人も浜に戻って来ねえってのは、庄造どんも義平どんも、船頭さんも船親父も舵取さんたちも、みんな沖の深いところに召されたってことじゃねえのかい」

「うーむ」

惣平は唸った。なかば、その気になりかけていたのだ。市助もそのような表情だった。だが惣平は言った。

「せめて、遺髪《いはつ》なりとも」

あした一日、探索することになった。

話しているあいだにも仁左は、

「――助《す》けるんじゃのうて……」

湯舟のあの二人組の話が、喉《のど》まで出かかった。それは目付の青山さまに報告すべきこと、と仁左は心得ている。

このとき、市助が興味深いことをふと洩《も》らした。

「上乗しておられた番頭さん、命拾いしましたねえ」

「なんだって？　助かったのがいるのか」

仁左は質《ただ》した。

仕方がないといった表情で、惣平が応えた。

「七兵衛《しちべえ》さんです」

「おう、あの人」

と、仁左は見知っていた。煙草はやらないが、大浜屋の裏庭の縁側で店開きをしたとき、一、二度、話をしたことがあり、いかにも帳簿が似合う実直そうな男との印象を仁左は持っている。

「番頭の七兵衛さんは、こたびの上乗《うわのり》として壱浜丸に乗り組み、掛川まで行かれました。遭難の第一報が入る前日でした。掛川藩からの強い要請だったからと、陸路、一人で帰って来られたのです」

「上乗さんが陸路で？」

「はい。なんでも積荷明細の請け状を一刻も早く、江戸の藩邸に届けてくれと藩から強く言われたそうなんです。普段なら上乗さんが持って船と一緒に帰って来て、降ろすときにそれを見て積荷をあらためて確認するのです」

「ふむ」

「荷主さまの要請であり、しかもお大名家です。それで七兵衛さんは掛川の湊《みなと》で荷の確認をするなり、仕方なくあとを庄造に任せ、請け状をふところに陸路を急ぎ帰って来られたのです。船は途中で風待ちもしなければならず、いつ江戸に着くかわかりませんから」

内部の問題だが、わざわざ江戸から合力に来てくれたから話すのだといった語り口調だった。つづけた。

「旦那さまは首をかしげながらも、その日のうちに積荷明細の請け状を常盤橋《ときわばし》御門内の掛川藩上屋敷に持って行かれました。なにぶん積荷が積荷ですから、掛川藩は慥《しか》と船に積みこんだとの確証を得たかったのでしょう」

「その翌日に、壱浜丸が由井で遭難したらしいとの報が入った?」

「はい。旦那さまも七兵衛さんも仰天《ぎょうてん》し、ともかく詳しいようすをと旦那さまは私を由井に発たせたのです」

横で市助がうなずいている。市助は惣平が指名したのだろう。

このとき惣平は、

「積荷は、実は藩の御用金三万両だったのです」

と、初めて明かした。

「うむ」

仁左は驚くよりうなずいた。目付の青山欽之庄の話と合致している。

惣平はさらにつづけた。

「三万両とは、概算で千両箱が三十箱です。これを一度に運ぶなど、危険すぎますよ」

「そのとおりだ」

と、仁左でなくとも、誰もが思うだろう。

「これも掛川藩の要請だったのです。早く、一度に……と。ですが、海に出ればこっちのものです。七兵衛さんが早く帰って来たのを機に、もう一艘の貮浜丸《にはままる》に乗って壱浜丸を迎えに行き、出合った湊で荷を分散しようと旦那さまは申され、その算段を進めていたのです」

千石船で大浜屋の持ち船は壱浜丸と貮浜丸の二艘であり、その二艘とも投入しようというのだから、大浜屋がこたびの掛川藩の仕事に、いかに打込んでいたかがわかる。

「で、手配は？」

「私は第一報を受けるなり、市助をつれ出立しましたから」

そのあとの大浜屋の動きは当然、惣平が知るよしもない。仁左もその後の相州屋の動きも、北町奉行所とお城の目付がどこまで事態を掌握しているか、まったくわからない。

「あしたにも戻りやせんかい」

「まだ、遺髪の一本も得ておりません。それに、船頭さんをはじめ庄造や義平たちが死んだとは限りません。木切れにつかまり、いずれかの海を漂っているかもしれません」

「手ぶらで帰ったら、あたい、義平さんのおふくろさんに張り倒されますよ」

惣平の言葉に市助までがつづけ、

「そんならよ、あした午《ひる》までもう一度海岸をめぐり、それでなにも得られなかったら、仕方ありやせん。江戸へ帰《けえ》りやしょう」

仁左が案を出したのへ、惣平は無言でうなずき、

「へえ」

市助も返した。

四

翌日、陽が中天にかかろうとしている時分だった。

由井の浜辺である。

「仁左さん、ここまで合力してくださり、ほんとうにありがとうございました」

「成り行きでさあ」

惣平に仁左は返し、市助も含め三人は急に疲れた表情になった。このあと宿に戻り、荷をまとめることになった。

「お客さーん」

もみじ屋のすっかり顔なじみになった女中が裾《すそ》を乱し、手を振り駈けて来る。

「あっ、宿場役人からなにか知らせがっ」

惣平はそのほうに走り、市助もつづいた。

仁左も期待を持ち、駈け足になった。

女中は惣平と市助の前に止まるなり息せき切って、

「いま、お江戸の大浜屋さんから番頭さんがお着きになりました。宿《うち》のあるじが早《は》うお手代さんたちに知らせろ、と」

「えっ」

惣平は驚きの声を上げ、市助も仁左もおなじ表情になった。期待外れではなく、予想外のことである。

「どの番頭さん！」

「七兵衛さんとおっしゃっておいでです」

惣平の問いに女中は応えた。

惣平と市助、さらに仁左も互いに顔を見合わせ、宿に走った。

「あれあれ、そんなに走らなくても」

女中があとにつづいた。

きのう話に出たばかりである。壱浜丸の上乗で掛川まで出向き、帰りは急ぎの陸路で命拾いした番頭である。

宿に戻ると七兵衛は奥の部屋で、旅装を解いて待っていた。

「おぉう、戻って来たか。相州屋の羅宇屋さんも、聞きましたじゃ」

七兵衛は言う。

小ぢんまりとした宿場町である。しかも船火事のすぐあとで、土地の者も海浜での探索に合力している。

「江戸の大浜屋の者が泊まっている宿は……」

訊いてすぐにもみじ屋へたどり着いたようだ。

「また番頭さん、どうして。まさか弐浜丸で来なさったわけでは。沖に千石船は見えませんでしたが」

と、ともかく四人は息つく間もなく、鳩首《きゆうしゆ》するところとなった。これが商舗の中なら、惣平と市助は、番頭を前に端座《たんざ》の姿勢になるだろう。だがさすがにいずれも疲れているのか、足を休めるようにあぐら居になった。もとより仁左は誰に遠慮することなく、あぐらに腰を下ろした。だが、くつろいでいるように見えるのは足だけで、いずれの表情も困惑に包まれている。

七兵衛が言った。

「荷が海の底となったのでは、迎えの船もありますまい」

顔が蒼《あお》ざめているのは、急ぎ旅の疲れだけではない。七兵衛は惣平からの火急の文《ふみ》に仰天し、積荷が何だったかも惣平からすでに仁左へ伝わっているだろうことを前提に話している。

「仁左さん、相州屋の忠吾郎旦那から聞きました。お仕事柄あちこちにお顔が広く、なにかと頼りになる人だから、と」

江戸を発つとき、おそらく札ノ辻で忠吾郎に呼びとめられたのだろう。

「ふむ」

仁左はうなずいた。〝顔が広く〟とは、忠吾郎の仁左への皮肉が多少含まれているのかもしれない。実際、仁左は江戸に戻れば、すぐさま柳営《りゅうえい》の目付に仔細《しさい》を報告するはずだ。むろん、七兵衛も惣平もそこまでは知らない。

惣平がさきを急かす《せ》ように言った。

「それで、番頭さんのおいでになられた用件は？」

かたわらで市助も固唾を呑んで七兵衛を見つめている。

七兵衛はさすがに千石船の上乗もする番頭か、つとめて冷静な口調で言った。だが、顔は蒼ざめたままである。

「旦那さまは常盤橋御門の掛川藩上屋敷に積荷明細の請け状をご持参になりました。あとは壱浜丸の詳しいようすが判り次第、処置を掛川藩お留守居の志村さまと膝詰《ひざづめ》の談判に入られる予定です。なにぶん、三万両という気の遠くなるような額でございます」

「失火により、由井の沖合《ここ》遙《はる》かに沈んだのは間違いのないところ。引き上げは不可能で、かりに千両箱がこわれ、小判の百枚や二百枚が浜に打ち上げられたとしても、もうなんともなりませぬ」

言った惣平の表情も蒼ざめている。これまで遺体の探索に没頭し、商舗の将来にまでは頭がまわらなかったのだろう。市助などはいまにも泣き出しそうな顔になっている。

掛川藩から三万両の早急《さっきゅう》な弁済を求められたなら、もう大浜屋は立ち行かなくなる。三万両を証明する明細請け状は、すでに常盤橋御門内にあるのだ。大浜屋に申しひらきの余地はない。

「旦那さまが私を由井に遣《つか》わされたのは、探索に由井宿のお人らの世話にもなったろうから、そのお礼をすることと、惣平どんと市助が探索した結果を、早う旦那にお知らせするためです」

「探索の成果は……」

惣平は言葉に詰まり、

「なにもありません。蒲原と奥津にも足を延ばしましたが、手掛かりはまったく得られませんでした。だから仁左さんとも話し、きょうの午《ひる》すぎにも宿を引き払い、江戸へ戻る予定だったのです」

「ほお、それはよかった。ならばさっそく昼の腹ごしらえをし、ここを発ちましょう」

七兵衛は仁左にも視線を向け、

「大浜屋《うち》の旦那さまは、西海屋さんにも探索の依頼をしようと言っておいででした。すでにお頼みなさったと思います」

大浜屋がなくなるかもしれないというとき、亭主の浜十郎は、なおも行方不明者の探索を商売忌敵《がたき》の西海屋にも頼もうとしている。

惣平も言った。

「浜十郎旦那のことです。きっと西海屋さんにお頼みしてくださったでしょう。西海屋さんの船が帆を降ろした湊《みなと》みなとで聞き込みを入れてくだされば、これほど心強いお味方はありません。西海屋さんの隼《じゅん》次郎《じろう》旦那、きっと請《う》けてくださっておいででしょう」

断定的な口調だった。

七兵衛が言った。

「ふむ。そうと決まれば早いほうがよい。そうそう、腹ごしらえも宿《ここ》でとるよりも、握り飯をつくってもらって、途中で腹を満たそう。さあ」

市助をうながし、みずからも解いたばかりの旅支度をふたたびまとめようと腰を上げた。七兵衛は急ぎ旅で着いたばかりというのに、これからすぐ江戸へとんぼ返りをしようというのだ。

「ならば仁左さんも、申しわけありませんが」

惣平は応じ、仁左をうながした。

「待ちねえ」

仁左はあぐら居のまま、三人に腰を元に戻すよう手で示し、

「話はまだ終わっちゃおりやせんぜ」

覚悟を決めた口調で言った。

三人は怪訝《けげん》そうに仁左を見つめ、腰を元に戻した。

仁左は言った。

「大浜屋の浜十郎旦那は、これから掛川藩と膝詰しなさろうとしておいでのようだが、惣平どん、肝心なことをまだ七兵衛さんに話しちゃいねえぜ」

七兵衛は惣平に視線を向け、

「えっ、なにを？」

さらに首をかしげる惣平に仁左は、

「おめえらが由井に入り、最初に聞き込んだ船火事のようすさ。ありゃあどう考えても尋常じゃねえぜ」

「あ、それ。あたいも感じました」

言った市助に七兵衛は、

「これこれ、市助。さっきからあたいじゃないでしょ。幾度言ったらわかるのです。わたくしでしょ」

「へえ。いえ、は、はい」

と、恐縮する市助を尻目に七兵衛は、

「なにかあったのですか」

「あ、そうでした」

視線を向けられた惣平は、あぐら居のまま上体を前にかたむけ、

「火事のようすがおかしいのです……」

と、小さな一点の火がまたたく間に胴間全体に広がり、火焔《かえん》に包まれた船は引き潮で沖へ流され、さらにそのときすでに幾艘かの艀が周囲に出ていたことなどを話した。

「まことか」

七兵衛は驚いたように上体を前にせり出し、仁左が補足するように言った。

「そうした燃え方は、油でも胴間にまかなきゃ起こり得ませんぜ。船に慣れている七兵衛さんや惣平さんならお分かりのはずでさあ。それに艀の件でやすが、由井はむろん、両どなりの蒲原と奥津の漁師衆にも聞き込みを入れやしたが、どうも腑《ふ》に落ちやせん。由井からは一艘も出ていないばかりか、蒲原と奥津の衆は火事にも気づいちゃいなかったそうで」

「い、いったい、それは！」

七兵衛はひと膝まえにすり出た。

仁左はつづけた。

「つまりでさあ、壱浜丸が火災を起こすことを、まえもって知っていた連中がいたってことになりやせんかい」

「ううう。そこに惣平、気がつかなかったのですか！」

「は、はい。おかしいとは思ったのですが、つい船のお人らのことばかりが気になりまして」

七兵衛に詰《なじ》られ、惣平はひたいから汗を噴き出した。

仁左はつづけた。

「実はあっし、ここの由井の浜を鎌倉の由比ケ浜と聞き間違《まちげ》えやして……」

ついに言った。嗤う者はいない。疲れを押し、とんぼ返りをしようとする七兵衛に、

（このお人を、手ぶらで帰すわけにはいかねえ）

仁左は感じたのだ。

湯舟の中で二人組は〝なんともみょうなご下命だったぜ。波間に艀を出し、助《す》けるんじゃのうて、その逆たあなあ〟と、確かに言ったのだ。しかも掛川に戻らず江戸に入らず、東海道からも離れ、隠れるように日時を過ごしていた。艀が数艘だったということは、ほかにもまだそのような者たちがいることになる。

「そやつら、掛川から来たと予想されやすぜ。あ、そうそう。あっしも船のお人らの命が気になりやして、つい惣平どんと市助どんに言いそびれちまいやした。申しわけござんせん」

「うううっ」

と、七兵衛のようすがおかしい。顔面蒼白《そうはく》のまま、惣平以上にひたいから汗を噴き出し始めたではないか。

「どうしなすった、七兵衛さん。驚きなすったかい」

「い、いえ。驚いたというより、私も、実は……」

仁左に問われ、七兵衛も意を決したように語りはじめた。

「このこと、旦那さまにもまだ話していないのですが……」

座は緊張に包まれた。

七兵衛はつづけた。

湊《みなと》で荷を船に積み込むとき、荷主とともに荷の確認をして明細請け状に署名捺印《なついん》するのは上乗《うわのり》の役務《やくむ》であり、荷物賄方《にもつまかないかた》がその補佐をする。

「積み込むまえの夜、私は掛川藩のお役人にご城下の料亭に招かれ、江戸おもても心配しておるゆえ、明細請け状を一日も早《はよ》う江戸の藩邸に届けてくれぬかと頼まれ、江戸においでの殿さまのためならと承知し、そこで宴会となったのです。しこたま飲まされ、そのまま寝入ってしまい、目が醒《さ》めたのは翌日の午《ひる》近くでした。急いで湊に駈けつけると、積み込みは終わっており、庄造がすべて仕切ってくれておりました。積荷三万両、藩のお役人と一緒に慥《しか》と検分しましたと言うので、私は署名捺印だけしまして、船での監視も庄造に任せ、私は陸路を急いで江戸に戻ったのです」

「つまり、七兵衛さんは荷の確認はしていなさらねえ、と」

「は、はい。そういう、そういうことになります」

横で惣平と市助は身じろぎもせず、七兵衛と仁左の思わぬやりとりに聞き入っている。

仁左は言った。

「あっしが鎌倉で聞いた件と合わせ、こいつぁにおいやすぜ、なにやら臭《くせ》えものが。しかもそれの出どころは、掛川のご領内とみて間違《まちげ》えござんせんぜ」

「参りましょう、これから掛川に！　私もこのままでは旦那さまにも、船で命を落とした者たちにも、お店《たな》にも、申しわけが立ちません！」

「番頭さん」

七兵衛の言葉に惣平は思わず腰を浮かせ、七兵衛自身も、

「いまからです」

腰を上げた。

「待ちねえ」

仁左が強い口調を入れた。

三人の視線が仁左に集中した。

仁左はあぐら居のまま言った。

「酷《こく》なようだが、船のお人らはみんな、死んだとみて間違《まちげ》えねえでやしょう。いや、殺されたのかもしれやせん。そんなところへ、掛川藩のお人らに面《つら》を知られている番頭さんが行ってみなせえ。掛川藩のご領内から、もう生きては出られやせんぜ。あっしが言うのもなんでやすが、ここはひとつ、向こうさんに顔を知られちゃいねえあっしと惣平さんで参《めえ》りやしょう」

さらに七兵衛と惣平を順に見つめ、

「七兵衛さんはこのことを、一日も早う浜十郎旦那に知らせなきゃなりやせんぜ。それによって浜十郎《でえじ》旦那の、掛川藩との膝詰のしかたも間合いも変わってきやしょう。こんな大事《でえじ》な仕事はありやせん。箱根を越えたばかりで、また越えなきゃならねえ。市助どんが一緒なら、なんとか江戸まで急ぎ旅もできるんじゃねえでしょうかい」

市助は引きつった表情のままうなずいた。

仁左はつづけた。

「そうそう。このこと、江戸に入《へえ》ると札ノ辻は通り道でさあ。ちょいと相州屋に寄って、忠吾郎旦那にもすべてを知らせてやってくだせえ。あの旦那のことだ、なにかいい方途《ほうと》も考えてくださろうかい」

七兵衛の表情も引きつっている。かすかに震えてもいる。無言のままうなずいた。忠吾郎に伝えれば、事の重大さに気づき、ただちに呉服橋につなぎが取られるだろう。呉服橋でも驚愕《きょうがく》し、相州屋に助っ人の必要を感じるはずだ。

（来るのは染谷か玄八か、それとも両方か）

話しながら仁左は、脳裡《のうり》に考えをめぐらせていた。これからなにが起こるかわからない。そのときの相方《あいかた》が惣平一人では心もとない。

「あのう、お昼の膳は四名さま、ご用意させていただいてよろしいでしょうか」

さきほど浜辺に走って来た女中が、昼の膳をうかがいに来た。

このようなとき、感情に任せて走らず、落ち着くのが肝要なことを、仁左は心得ている。

「ああ。四人分、頼んまさあ」

応えた。

自然のながれか、座は仁左が仕切るところとなっていた。

五

四人はゆっくりと昼の膳を囲み、もみじ屋の上がり框《かまち》に腰かけ、わらじの紐《ひも》を結んだのは、陽が西の空にかなり入った時分だった。もみじ屋の亭主や女将《おかみ》、番頭、女中衆だけでなく、近所の旅籠からも往還まで見送り人が出た。きょう来たばかりの七兵衛も含め、四人が江戸の大浜屋の者と知っており、いずれも気の毒そうな表情だった。

「なにかあれば、すぐお江戸へ知らせますじゃ」

もみじ屋のあるじは言っていた。

それらに見送られ、四人はそろって江戸に向け由井の宿《しゅく》を出た。

由井の街並みが見えなくなると、仁左と惣平は駕籠を拾い、

「くれぐれも危ない所には行かれませぬようになあ」

七兵衛の声を背に駕籠の垂《たれ》を下げ、外から見えないようにいま出た由井宿の街並みを駈け抜けた。由井には秘かに掛川藩の者が入っているかもしれない。二人が掛川へ向け発ったと見られるのを防ぐためである。もはや掛川藩は、四人にと

っては〝敵〟となっている。これから戦うには、まず〝敵〟に目くらましをかけておかねばならない。仁左の策である。

仁左と惣平は途中で駕籠を乗り換え、西どなりの奥津宿も垂を下げたまま駈け抜けた。奥津にもすでに、顔なじみになった者が多いのだ。

東海道は由井を起点にすれば、江戸へは三日、掛川へは二日の旅程である。七兵衛と市助は一刻も早く江戸へと急ぎ旅になるが、仁左と惣平は途中の江尻《えじり》から脇道にそれ、奥津の浜辺を探索したとき心残りだった、富士山の絶景で知られる三保《みほ》ノ松原《まつばら》と清水湊《しみずみなと》にも足を入れ、壱浜丸の痕跡《こんせき》を探りながら四日か五日をかけて掛川に入ることにした。

江戸は動いていた。

七兵衛が由井に発ってからだった。相州屋の番頭正之助が西海屋に呼ばれた。商売忌敵《がたき》の大浜屋が困難なときに、西海屋では新たな奉公人を入れるつもりかと正之助は訝《いぶか》り、忠吾郎に告げてから出向いた。

西海屋の奥の部屋で、番頭とおかみさんが出て来た。店場の奉公人と奥向きの女中を一度に雇い入れたいのか……、正之助は思ったが、そうではなかった。

おかみさんが困惑した表情で言った。

「お栄が、暇《ひま》をください、郷里《くに》へ帰りたい、と言って肯《き》かないのです」

相州屋からの口入れはすべて忠吾郎が請人《うけにん》になっており、五年たったいまもそれは変わらない。それで相州屋の番頭が呼ばれたのだった。

お栄は大浜屋の庄造と恋仲になり、大浜屋と西海屋の双方から祝福され、近く祝言《しゅうげん》を挙げることになっている。そのお栄が郷里へ帰りたいと言い出したのは、大浜屋の壱浜丸が遭難し、庄造の安否が不明となったことが原因としか考えられない。だから番頭も同座したのだろう。

番頭も言った。

「まだ庄造どんが死んだと決まったわけじゃない、と幾度も言ったのですが、ただ郷里へ帰りたいとの一点張りで、手を焼いているのです」

ともかく正之助はお栄に会おうとした。だがお栄は拒《こば》んだ。呼びに行った女中によれば、

「もう駄々《だだ》っ子のように、部屋の隅にうずくまってしまい……」

といった状況だったらしい。

「ともかくあるじの忠吾郎に話し、なんとかいたしましょう」

と、正之助はお栄に会えないまま、その日は帰る以外なかった。

さっそく正之助は忠吾郎に話した。

忠吾郎は、

「そんな聞き分けのねえ、ガキみてえな娘じゃなかったがなあ」

と首をかしげ、ここはひとつ女同士のほうがいいだろうと、忠吾郎はお沙世を西海屋に遣《や》ることにした。

お沙世も正之助から話を聞き、

「そりゃあ気持ちはわかりますよ。お栄ちゃん、庄造さんと一緒になるのを、あんなによろこんでいたのですから。でも、おクマさんたちの言っていたおカツさんのように、息子さんの生死を求めて狂乱状態になるのじゃなく、いきなり郷里へ帰りたいなんて……」

首をかしげた。

お仙も話に加わり、

「わたくしはお栄さんとやらを直接には知りませぬが、許嫁《いいなずけ》の安否がわからぬでは、心配のあまり夜も眠れないでしょう。なれど、この時期に西海屋を出て郷里に帰りたいとは、思いつめた末とはいえ解《げ》せませぬ。お栄さんとやら、なにごとにも過敏すぎる人なのでしょうか」

と、疑問を呈した。

冷静すぎるようなこの意見に忠吾郎は、

「ふむ」

同意に似たうなずきを返した。

お沙世が浜松町の西海屋に出向いたのは、翌日の昼間だった。

「そのあいだは、わたくしがお向かいの手伝いを」

と、お仙が茶店に入った。盆を小脇に縁台の横に立つと、武家娘とは思えぬほどに、お沙世から借りた前掛姿が似合った。午《ひる》を過ぎたばかりで客はけっこうあり、馬子《まご》や駕籠舁《かか》き人足《にんそく》への応対もよくこなした。

お沙世も安心してお仙に任せられる。

西海屋のおかみさんは心得ており、お沙世が裏の勝手口から訪《おとな》いを入れるとすぐ奥にいざなった。お栄も相手がお沙世で、奥まで入って来たのでは、会わないわけにはいかない。

女中部屋でお沙世はお栄と話した。女同士で二人は人目を気にすることなく、足をくずした姿勢で向かい合った。ここ数日のことだろう、憔悴《しょうすい》しきったお栄の姿が、お沙世には痛々しかった。

「お栄ちゃん」

と、いたわるように、お沙世はお栄の手をとって言った。

「わかる、わかりますよ。でもねえ、壱浜丸のお人たち、生きているかもしれないじゃない。それを確かめに大浜屋さんから人が出て、相州屋《うち》からもほら、知ってるでしょ、仁左さん。いま現地に行っていますから。あの人、普段は羅宇屋さんだけど、イザというときはまるでお侍《さむらい》さんよりも腕が立って頼りになるの」

「えっ、あの人が」

下を向いていたお栄は顔を上げ、

「そんなに、頼りになる人なんですか」

「もちろんよ」

「で、なにを確かめに？」

「なにをって、壱浜丸がほんとに遭難したのかどうか、助かった人はいないかに決まってるじゃないの」

「難は、船火事だったんでしょ」

問うように言ったお栄は、アッといった表情になり、畳に視線を落とした。

お沙世は言った。

「船火事？　最初の知らせがそうだったの？　知らなかった」

お栄はうつむいたまま、無言だった。

顔を上げた。

ポツリと言った。

「現地って、由井ですか。それとも、掛川？」

「そりゃあ由井に決まってるじゃないの。遭難の第一報が、由井からだったのでしょう」

ここで相州屋が由井の浜と由比ケ浜を間違ったことなど、話す必要はない。お沙世も忠吾郎が言ったように、仁左はいずれかで間違いに気づき、東海道の由井に向かったと確信しているのだ。

話は進まなかった。

お沙世はなんとか説得しようとする。

「だからさあ、庄造さんのためにも、そのほか乗り組んでいた人たちのためにも、お栄ちゃん。郷里《くに》へ帰るなんて言っちゃだめよ」

「………」

お栄は無言でうつむいたままだった。片方の膝の上に重ねている両手が、小刻みに震えているのに、お沙世は気づいた。手を膝に押さえつけるように重ねているのは、震えを止めようとしているためだと感じられた。

「お栄ちゃん」

「あたし、帰ります」

ポツリと、断言するように言った。

お沙世の手に負えそうにない。

帰り、朋輩《ほうばい》の女中は言っていた。

「お仕事は、普段どおりにしてるんですけどねえ」

おかみさんも困惑した表情のまま、

「まだ大浜屋さんの壱浜丸の安否がわからないというのに、いまお栄に出て行かれたんじゃ、大浜屋さんに悪いですよ」

言っていた。そのとおりだろう。

お沙世はなんの成果もなく、しっくりこないものを感じながら帰途についた。

金杉橋を渡ったとき、実家の浜久に寄って行こうかと思ったが、忠吾郎旦那が首を長くして首尾を待っていなさるだろうと、素通りし先を急いだ。

忠吾郎は待っていた。

いつもの母屋《おもや》の裏庭に面した居間だった。

お沙世は端座の姿勢である。

お仙も探索に出た仁左の首尾が気になるのか、茶店の手伝いを切り上げ、相州屋の居間に同座した。

「おかしいです」

お沙世は開口一番に言った。

忠吾郎よりお仙が問い返した。お栄のようすも気になるようだ。

「いかように」

お沙世は言った。

「庄造さんの安否がまだわからないのに、お栄さんたらまるでもう亡《な》くしたと思いこんでいるようです。それで江戸暮らしをはかなんだのでしょうか、郷里へ帰りたいの一点張りで……」

忠吾郎とお仙は真剣な表情で聞き入っている。

さらにお沙世は、お栄が〝現地〟を由井か掛川かと問い返してきたこと、壱浜丸の遭難を〝船火事〟と断定するように言ったことを話した。

お沙世ならず、忠吾郎もお仙も首をかしげた。壱浜丸が由井の沖合で船火事を起こしたことは、まだ知らないのだ。このとき、西海屋はむろん大浜屋にも、遭難の詳しいようすはまだ伝わっていない。

さらにお沙世は語った。

「お栄ちゃん、可哀相《かわいそう》にまるでなにかに怯《おび》えているようで、膝においた手が震えていました」

突然の悪い知らせには、思わず手足が震えることもあるだろう。だが、第一報が伝わったのは数日まえであり、心配のあまり狂乱状態になるのならまだわかる。お沙世の話すお栄のようすには、かずかずの解せない点が感じられるのだ。

忠吾郎は言った。

「お栄は、郷里へ帰ると断言したのだな」

「はい」

と、お沙世。

「よし、お栄は夜逃げか家出同然に西海屋を出るかもしれねえ。お栄の郷里は惣平や庄造とおなじ、掛川藩の領内の村だ。この札ノ辻を通るはずだ。お沙世」

「はい」

「茶店の縁台から、見落とさぬよう見張っておくのだ。お仙さん」

「はい」

「おめえさんは、いつでもどこへでも行けるように、旅支度を用意しておき、ここ数日でよい、長屋の部屋に待機していてくれ」

「承知いたしました」

居間には、得体の知れない緊張の空気がながれた。

六

普請奉行の財津弾之丞も動いていた。

内神田はお玉ケ池の財津屋敷である。弾之丞は西海屋のあるじ隼次郎を屋敷に呼んでいた。

(大浜屋さんの千石船が遭難したというこの時期に、いったいなんの用だろう)

と、隼次郎はお玉ケ池の屋敷に出向いた。

もちろん隼次郎は、お城の石垣普請に各大名家が戦戦恐恐とし、その仕切り役が普請奉行の財津弾之丞であり、遠州掛川藩の太田家五万三千石に内々のご下命があったことも知っている。その掛川藩におなじ浜松町で商売忌敵の大浜屋が取り入り、なにやら大きな仕事を請け、それが御用金三万両の海路での運送らしいこともうわさに聞いている。にわかに起こった大浜屋の慌《あわ》ただしさが、その御用金を運んでいたかもしれない壱浜丸の遭難であることもつかんでいる。そのうえでの、財津屋敷からの一献《いっこん》かたむけたいとの誘いだったのだ。

西海屋隼次郎は首をかしげながらというより、

(思わぬ話が聞けるかもしれない)

期待を持ち、出かけたものである。

千五百石取りの広い屋敷で玄関口に近い客ノ間ではなく、奥の書院に西海屋隼次郎は通され、弾之丞は余人を遠ざけ膝を向かい合わせた。

時候の挨拶《あいさつ》などそこそこに、財津弾之丞は言った。

「お城の石垣普請につき、遠州掛川藩に将軍家より内々のご下命があり、その掛川藩に大浜屋なる廻船問屋がうまく取り入ったことなど、そなたも同業ゆえ存じておろう」

「はい、それはもう。大浜屋さんは手前どもとおなじ浜松町にございますれば、よく知っております」

　隼次郎は応え、つぎの言葉を待った。

　弾之丞はつづけた。

「その大浜屋の持ち船が、東海道の駿州由井なる宿駅の沖合で遭難したことも、同業ならすでに耳に入れておろう」

「はっ、気の毒なことにございます」

「なんでもその船は石垣普請に大事なものを積んでいたそうな」

「はっ」

「遭難のようすは、わしも詳しくは知らぬが、石垣普請に関わることとあっては無関心ではおれぬ」

「御意」

「西海屋も廻船問屋として、持ち船を駿州や遠州の沖にも出しておろう」

「むろん、出しております」

「そこでじゃ、それらの浜に漂着物はないか、生きている者がいたなどといったうわさがながれておらぬか、それらを集めてもらいたい。遭難船に関わることなら、どんな些細なことでもよい。大浜屋は最初の大仕事に失策《しくじ》ったとなれば、掛川藩の御用達《ごようたし》はむろん、二度と仕事の依頼はないばかりか、積荷のなにかによっては、これから償《つぐな》い金などでひと悶着《もんちゃく》あることであろう。同業としてその方面での大浜屋の動きなども、当屋敷に報《しら》せてくれぬか」

「普請奉行さまには、さようなところにまでお気遣いなされ、ご苦労なことに存じます」

「うむ」

弾之丞は、西海屋隼次郎の世辞を承諾と受け取ったか、

「この困難な時にあたり、そなたの合力次第によっては、掛川藩の御用達に推挙してもよいぞ」

弾之丞は大浜屋と西海屋を、おなじ浜松町にあって商売忌敵と見なしているようだ。そのうえで西海屋に、掛川藩御用達への推挙という餌《えさ》までつけ、大浜屋に対する間諜《かんちょう》になれと示唆《しさ》している。いかなる商人にとっても、高禄《こうろく》旗本や大名家の御用達は、喉から手が出るほどに欲しいところである。

帰り、町駕籠に揺られながら、

（普請奉行さまには、商人の矜持《きょうじ》をご存じないようだ。財津さま、西海屋は商人なればこそ、溝《どぶ》に落ちた同業を叩《たた》いたりはしませせぬぞ）

胸中に念じ、千五百石の高禄旗本に対する嗤《わら》いを、かすかに浮かべた。

おクマとおトラも動いていた。おとといも、きのうもきょうも、

「遠出になるけど」

と、金杉橋を中心に、金杉通りから浜松町の界隈《かいわい》をながしていた。

おカツが連日、

「義平を！　せがれを、返してくれーっ」

大浜屋の店先で声を上げていた。

大浜屋のあるじもおかみさんも奉公人たちも、おカツの気持ちは痛いほどにわかる。みんなおなじ思いなのだ。いまだ帰らないのは義平だけでなく、船頭も船親父も舵取も飯炊きも、荷物賄方の庄造も、みんな戻って来ていないのだ。西海屋ではお栄が江戸暮らしをはかなんだか、暇を取って郷里に帰ろうとしているほどである。

そのように全体が緊張し打ち沈んだなかに、大浜屋では連日おカツに店先で泣かれ喚《わめ》かれ、ただただ困惑するばかりだった。おクマとおトラが現場に居合わせれば、

「おカツさん、あんただけじゃない。みんなも心配しているんだから」

「みんな、まだ死んだと決まったわけじゃないんだから」

ありきたりの慰《なぐさ》め言葉でも、同世代というか自分よりいくらか年行《としゆ》きを重ね、ほそぼそと行商で身を立てているおクマとおトラに言われれば、ひとまずおとなしくなっていた。一人でとぼとぼと帰るおカツが、途中で金杉橋から下を流れている古川《ふるかわ》に飛び込まないかと、女中がそっとあとを尾《つ》けたこともあった。おクマとおトラが直接金杉通り二丁目の長屋へ、

「どうしてるね」

「ちゃんとご飯、食べてるかね」

と、商いの途中、見舞いに行くこともあった。

長屋の住人たちは、

「息子自慢だったおカツさんがねえ、もう見ちゃおれないんだよ」

「こうしてあんたらがときどき来てくれて、助かるよ」

などと話していた。

おカツとおトラは札ノ辻に帰ると、忠吾郎やお沙世、お仙たちに、

「ほんと、あのおカツさんの嘆《なげ》きようさ……」

「もう、見ちゃおれなくってさあ」

と、語っていた。

お沙世は言ったものだった。

「おカツさんだけじゃなく、壱浜丸に乗っていた人たちのご親族、みんなそのような思いなんでしょうねえ」

お仙がうなずき、忠吾郎も、

「いまごろ、仁左はどこでなにをしているかのう」

ポツリと言った。

そうした雰囲気に、上乗で一人命拾いをした七兵衛が商舗にいたのでは、それこそ居場所がなかったであろう。それもあって、あるじの浜十郎は七兵衛を、由井へ惣平を呼びに遣《や》らせたのかもしれない。

そのようなときだった。七兵衛と市助がようやく札ノ辻の地を踏んだ。

すでにあたりは暗く、東海道を江戸に向かっていた旅人なら、今宵は品川で身を休め、あしたの朝江戸入りしようとする時分だった。

札ノ辻では相州屋に立ち寄るようにと、仁左から依頼されている。七兵衛は守

った。すでに閉じられている玄関の雨戸を市助が激しく叩き、

「相州屋さーん、大浜屋でございまーすっ」

七兵衛が船の胴間で出すような声で叫んだ。

二度、三度……。

向かいの茶店の雨戸が開き、手燭《てしょく》の灯りとともにお沙世が顔をのぞかせ、

「あらあっ、大浜屋の番頭さん！」

相州屋の雨戸も音を立て、灯りが外に洩れた。

見るからに七兵衛と市助は、急ぎ旅だった風情である。

いつもの裏庭に面した居間である。七兵衛、市助と忠吾郎、お沙世、さらにお仙、老僕の宇平も顔をそろえた。お沙世とお仙は、着物は整えているものの、鬢《びん》などはほつれたままである。

「こちらの仁左さんに頼まれ、浜松町への途中に立ち寄りましてございます」

七兵衛は旅装束のまま来意を告げ、お沙世が勝手知った他人の家で、すぐに台所で人数分のお茶を用意し、居間へ運んだ。

ひと息つき、七兵衛は語った。市助が相槌《あいづち》を入れる。

さすがに千石船の上乗までする大浜屋の番頭である。掛川の城下で酔いつぶれ

て船積みに立ち会えなかったことと、自分だけ陸路を急いだ理由、惣平が語った由井の沖合での急に燃え上がった船火事のようす、幾艘かの艀がすでに出ていた件、さらに仁左が間違って鎌倉に行き、そこで耳にした〝艀を出し、助けるんじのうて、その逆〟との話を、余すところなく語った。最後に市助が、

「近辺の海辺をくまなく探索しましたが、遺体は一人も打ち上げられませんでした。船火事が引き潮のときとはいえ、不思議なことでございます」

惣平や仁左と一緒に浜辺を走った者としてつけ加えた。これも、重要な証言である。

行灯《あんどん》に照らされた座に、緊張が走った。すべての話が一本の線につながったように思われる。

「それじゃ私どもは浜松町へ」

七兵衛が腰を浮かしながら言ったのへ、

「そうそう。大浜屋さんには一刻も早うに」

忠吾郎は言うと商舗の住込みの小僧を呼び、町駕籠を二挺《ちょう》呼びにやらせた。

札ノ辻の駕籠屋だ。すぐに来た。小僧の市助は恐縮するように乗った。

一同は夜の往還に出て見送った。

町駕籠の小田原提灯の灯りが見えなくなると、忠吾郎はぽつりと言った。

「七兵衛さん、どうやら掛川藩に嵌《は》められたようだなあ」

「わたくしも、そう感じます」

お仙が返した。

おそらく今宵、七兵衛と市助から報告を受けた浜十郎は、驚愕とともに愕然《がくぜん》とすることだろう。七兵衛は正直に、三万両の船積み前夜に酔いつぶれたことを話すだろう。浜十郎は叱責《しっせき》することなく、忠吾郎が感じたのとおなじことを想像するはずである。嵌められた……と。


遠く離れた東海道の遠州では、仁左と惣平は三保ノ松原でも清水湊でも、なんら得るものはなく、富士山の絶景がことさらに虚《むな》しく見えていた。

仕方なく二人はさらに西へと歩を進めた。大井川《おおいがわ》の渡しを過ぎ、金谷《かなや》の宿場を経て難所と言われている小夜《さよ》ノ中山《なかやま》を越えれば、掛川の城下はもう近い。

「なにやら恐ろしいものに出会いそうで、足が震えます」

「なあに。蛇《じゃ》が出るか蛇《へび》が出るか、おもしれえじゃねえか」

惣平が緊張した面持《おもも》ちで言ったのへ、仁左は期待を込めたような口調で返し

た。二人の腰に道中差はあるものの、惣平などは刀を抜いたこともなく、なにやら頼りになりそうな仁左に、

「普段は羅宇屋さんでも、斬り合いの経験などおありなんですか」

「ふふふ。野暮《やぼ》なことは訊きっこなしだぜ」

仁左は意味ありげに返し、歩を進めた。

二人の耳に、大井川の流れが聞こえてきた。

三　戦いの火蓋《ひぶた》

一

大井川の渡しは川幅が広く、しかも流れが急で川止めの多いところから、東海道の難所の一つに数えられている。

仁左と惣平は天候に恵まれ、値の交渉と順番待ちが面倒なだけで、川越人足《かわごえにんそく》の肩にまたがって西岸に着いたとき惣平は、

「庄造と一緒に江戸へ出たときは、三日も四日も待たされ、野宿したあげく、二人して泳いで渡ったものです。はい、お江戸に入り、相州屋さんに拾われたときのことでございます」

と、往時を思い出すように語った。

大井川からすぐの金谷《かなや》の宿場に入ったのは、ちょうど陽が中天にかかったころだった。金谷からは日坂宿《にっさかしゅく》を経て掛川までは三里（およそ十二粁《キロ》）余りだ。すぐ近くだが、日坂の手前には小夜ノ中山と呼ばれる、九十九折《つづらおり》で片側が断崖絶壁《だんがいぜっぺき》になった長い杣道《そまみち》がある。それでも仁左と惣平の足なら、陽のあるうちに掛川城下に入れるだろう。

金谷では茶店でひと休みしただけで、

「さあ、音に聞く小夜ノ中山だ。あとは掛川までひとまたぎ。よろしゅう案内を頼むぜ」

「へえ、二度目でございますから」

仁左が言ったのへ惣平は返し、二人は茶店の縁台から腰を上げた。金谷は漁村を兼ねた由井とはまったく異なり、谷間に深く樹々《きぎ》に囲まれ、山間《やまあい》に張りついた宿場である。

おなじ日だった。仁左と惣平が大井川の渡し場で肩ぐるまの順番を待っているころだろうか、金杉橋の浜久に忠吾郎の姿があった。同座しているのは大浜屋浜十郎と西海屋隼次郎だった。この三人が浜久で膝《ひざ》を交えるなど、かつてなかったことで、女将のお甲が目を丸くしていた。

呼びかけたのは西海屋の隼次郎だった。きのうお玉ケ池の財津屋敷に招かれ、駿州や遠州の湊《みなと》で大浜屋の壱浜丸に関するうわさを集めて報《しら》せよと依頼されたばかりである。その西海屋隼次郎が同業の大浜屋と人宿の相州屋に呼びかけ、三人が供も連れず会している。昼の書き入れ時のまえだったから、お甲は一番奥の部屋を用意し、手前の部屋を空けておくことができた。

西海屋隼次郎は財津弾之丞を裏切ったのではない。隼次郎は掛川藩御用達の餌《えさ》をぶら下げた誘いなど、端《はな》から受けつけていなかった。逆に吐き気をもよおすほどの嫌悪《けんお》を感じ、十組《とくみ》問屋には入っていないが、同業への仁義を重んじたのだ。

部屋で、忠吾郎は言った。

「どうやら重大な話のようですなあ。しゃちこばっていたんじゃ、存分に話もできやせんぜ。さあ、足をくずし、ざっくばらんにいきやしょう」

浜十郎も隼次郎も廻船《かいせん》問屋のあるじで押出しはあるが、達磨《だるま》のような忠吾郎には貫録《かんろく》負《ま》けするようだ。二人は言われるまま端座《たんざ》の足をくずし、あぐら居になった。いずれも番頭や手代の供を連れていないのが、かえってこの場の雰囲気をなごやかにしたようだ。

由井から戻った七兵衛が伝えた話を、仁左が語ったという鎌倉での話も含め、すでに三人は共有している。仁左と惣平が掛川に向かったことも、そのなかに含まれている。それは仁左の差配であり、だから隼次郎は浜十郎と膝を交えるのに忠吾郎にも同座を求め、場所も浜久にしたのだった。はたして浜十郎は連日にわたる苦悩を表情に刷《は》いていた。

「実は、きのうですが……」

隼次郎はお玉ケ池の財津屋敷に呼ばれた一件を披露《ひろう》した。

「えええ！」

と、浜十郎は驚きの声を上げ、

「うーむ」

忠吾郎はうめき、

「やはり掛川藩と普請《ふしん》奉行の財津弾之丞は、目に見えぬところでつながってやがるようですなあ」

「はい。私もそれを話したく、きょう大浜屋さんと相州屋さんにご足労を願った次第なのです」

「それも掛川藩と普請奉行の財津弾之丞が結託しているのではなく、互いに利用しあっているような係《かか》り合《あ》い方と思われますなあ。結託していたなら、端《はな》から掛川藩が石垣普請に内定することもありやせんでしたろうに」

忠吾郎は推測を述べた。

「普請奉行と掛川藩が係り合い？　どの、どのように」

隼次郎と忠吾郎のやりとりに、浜十郎は上体を前にかたむけた。

隼次郎が言う。

「それが、よう判《わか》りませぬのです。ともかく手前どもの船が駿州や遠州の湊に立ち寄り、壱浜丸に関わるうわさを聞いたなら、財津屋敷ではのうて、そのつど大浜屋さんにお知らせいたします。すでに西海屋《うち》の船頭《ふながしら》や上乗《うわのり》たちにそう命じておきましたゆえ」

「恩に着ますぞ、西海屋さん」

浜十郎は言うと、

「うむむ。いま手代の惣平が羅宇屋の仁左さんと一緒に、掛川へ向こうております。きょうにもご城下に入るか、すでに入っているか……。危険なことはありますまいか」

視線を忠吾郎に向けた。

忠吾郎は言った。

「そりゃあ、危《あぶ》のうござんしょう。だから仁左がわざわざ、火中の栗を拾いに行ったのでさあ。ともかく仁左は目端《めはし》の利《き》く男ですから、惣平どんを危険な目にさらすことはありますまいよ。二人そろって、なにを持って帰るか、その日が待たれますわい」

「そう、待たれます。それまで大浜屋さん、掛川藩との償《つぐな》い金の談判など、応じてはなりませんぞ」

西海屋隼次郎は、それが言いたくてこの場を設《もう》けたようだ。

大浜屋浜十郎は無言でうなずいた。憔悴《しょうすい》し蒼《あお》ざめていた顔を紅潮させていた。

壱浜丸の遭難は、仕組まれた事件であるかもしれないことが、おぼろげながらも見えて来たのだ。

忠吾郎が話題を変えるように言った。

「お栄ですが、まだ駄々《だだ》をこねておりやすかい」

「そのことです」

隼次郎は応《こた》えた。

「いまお栄を郷里《くに》へ帰すなど、大浜屋さんに悪うございます。なんとかなだめるとともに、女房や女中たちにも言って、監視させております」

どうやらお栄はまだ西海屋で、周囲の説得も肯《き》かず、我《が》を張っているようだ。浜久が昼の書き入れ時に入るまえに、三人の膝詰は終わった。そろそろ手前の部屋にも、客を入れなければならないようだ。

二

浜久での三人の膝詰にお栄の件が話題となり、ほぼ終わりに近づいていた時分である。陽はまだ東の空にある。

札ノ辻で、異変が起きていた。

前掛にたすき掛けのお沙世が、縁台に座った行商人にお茶を出したところだった。

「あら、あれは」

声に出し、街道の一点を凝視《ぎょうし》した。着物を短めに着て手甲脚絆《てっこうきゃはん》を着《つ》け、腰に小さな風呂敷包みを巻きつけ、手に杖を持ち、顔を隠すように女物の道中笠《どうちゅうかさ》をかぶり、金杉橋の方向から急ぎ足で近づいて来る若い女……間違いない。

お沙世は空《から》の盆を手にしたまま、

「お栄ちゃん、お栄ちゃんじゃないの。その格好は⁉」

呼び止めるように往還《おうかん》に飛び出した。

道中笠で顔を隠していてもわかる。お栄だ。

お沙世に声をかけられ、お栄はさらに笠を深くし、明らかに茶店を避けようといっそう足早になった。

伊勢《いせ》への抜参《ぬけまい》りでもあるまいが、お栄はおかみさんや朋輩《ほうばい》たちの目を盗んで西海屋を抜けて来たのだろうか。

ならば金杉橋も渡ったはずだ。忠吾郎がお栄の一件を話題にし、隼次郎が女房や女中たちに〝監視させております〟と話しているころに、お栄は浜久の前を足早に通ったことになる。庄造との新たな生活にそなえて給金を貯《た》めるなど、多少のたくわえはあるだろう。路銀《ろぎん》にはこと欠かないはずである。

お沙世は機転を利かせた。お栄の袖《そで》を無理やりつかまえるよりも、

「お爺ちゃん、お婆ちゃん。ちょいとお願い」

奥に声を投げるなり街道を横切り、向かいの路地に下駄《げた》の音を響かせた。

お仙が寄子宿の長屋にいる。

「いま、お栄ちゃんが旅装束《たびしょうぞく》でっ」

言えばお仙も心得ている。忠吾郎から〝旅支度を用意し……〟と言われているのだ。

「わかりました。宇平にも声をかけてください」

「はいっ」

お沙世はふたたび路地を飛び出した。

街道にお栄の姿はすでに見えなくなっていた。

宇平はいつも近場に古着を盛った竹馬を出している。きょうも札ノ辻で街道を脇道にそれる角に出ている。

お沙世はその竹馬のところに下駄の音を立て、

「宇平さん、早く。この竹馬、あたしがかたづけておきますから」

「えっ、いまから！」

言われた宇平は寄子宿への路地に走った。

すぐに旅装束のお仙と宇平が寄子宿の路地から出て来た。お栄の向かう先は遠州の掛川であろう。長丁場になるかもしれない。

お仙と宇平は、お栄に顔を知られていない。ということは、お仙と宇平もお栄を知らないことになる。だが、お沙世から顔立ちは聞いている。面長《おもなが》に体つきも細身である。それよりも、思いつめたような急ぎ足の女の一人旅だ。歩く姿を見ただけでわかるだろう。

「追いついたらどうします」

「無理やり連れ戻すのは、酷《こく》かもしれません。わたくしに算段があります。このことを早《はよ》う忠吾郎旦那に。いずれかで仁左さんたちと出会えばいいのですが」

お沙世の問いにお仙は明 瞭《めいりょう》に応えると、

「さあ」

「はい、お嬢」

と、お仙と宇平の主従は札ノ辻を発《た》った。

お沙世は二人の背をいつまでも見送っているわけにはいかない。忠吾郎の行き先はわかっている。

「お爺ちゃん、お婆ちゃん。また縁台のほう、お願い」

奥に声を入れるなり、前掛にたすき掛けのまま、金杉橋のほうへ急ぎ足になった。お沙世も若い娘である。ひと呼吸でも早く忠吾郎旦那へと思っても、街道に裾《すそ》を乱して走るわけにはいかない。

ともかく急いだ。陽が中天にそろそろかかろうかといった時分である。

急ぎながらお沙世はハタと気づいた。

（あっ、お仙さんたち、道中手形を持っていない）

ともかく急いだ。

浜久での膝詰を終えた忠吾郎は、

（さあ、蛇《じゃ》が出るか蛇《へび》が出るか）

遠州掛川を目前にした仁左が惣平に言ったのとおなじことを思いながら、鉄製の長煙管《ながぎせる》を腰に、ゆっくりとした足取りで札ノ辻へ歩を踏んでいた。

悠然《ゆうぜん》としたその姿にお沙世が気づき、忠吾郎が前方を急ぎ足に近づいて来る町娘を視界に入れたのは田町一丁目のあたりで、ほぼ二人同時だった。

「旦那ア」

思わずお沙世は叫び、手を上げた。ふり返る往来人もいた。

忠吾郎はお沙世のいつもとは異なるようすに変事の発生を覚《さと》り、往還の脇にお沙世をいざない、

「どうした」

「お栄さんがいましがたっ……」

「なんと！」

お沙世の話に忠吾郎は仰天《ぎょうてん》した。さっき西海屋隼次郎が〝監視させており〟と言ったばかりなのだ。往来人には聞き耳でも立てない限り、二人の声は断片的にしか聞こえず、なににについて話しているのかわからない。

お仙がただちに旅装束で宇平をともない、あとを追ったことを話すと、

「うむ。おまえたち、よくそこまで機転を利かせてくれた。わしはこれからすぐ呉服橋に行ってできる限りの手を打つ。おまえは札ノ辻に戻り、普段どおりにしていてくれ」

「はい。ですが旦那、お仙さんと宇平さんは……」

道中手形を用意していないことを話した。

忠吾郎はすかさず、

「よし、わかった。二人分だな」

「はい」

お沙世は返したものの、いくらか不満そうだった。自分も東海道に踏み出したいのだ。

それにはおかまいなく、忠吾郎がいま来た道を返そうとしたとき、またお沙世が、

「あれは！」

声を上げた。

街道を金杉橋の方向からお店者《たなもの》と小僧の二人が駈けて来る。そのうしろに町駕《まちか》籠《ご》が一緒に走っている。顔は忠吾郎もお沙世も知っている。西海屋の手代と小僧だ。目的は聞かずともわかる。

西海屋隼次郎が浜久から浜松町三丁目に戻ったとき、商舗ではお栄がいなくなったことに気づき騒ぎになっていた。隼次郎は驚き、ただちに手代と小僧にあとを追わせた……。時間的にもちょうど合う。取り急ぎ出て来たためか、手代は前掛こそはずしているが旅装束ではない。

「止まれ、止まれ」

「あ、これは相州屋の旦那と茶店のお沙世さん。大変なんで」

忠吾郎が手を上げて二人を止めた。町駕籠の中はお栄の朋輩の女中だった。なるほど隼次郎は気を利かせたのだろう。追いつけば連れ戻すのに街道でひと悶《もん》着《ちゃく》起きるだろう。そのとき男二人で女一人を連れ戻そうとしたのでは、まるで

拐《かどわ》かしに見えようか。そこに女が一人加わっておれば、揉《も》めても印象はまったく異なってくる。しかも駕籠がそこにあれば、それに乗せて帰ることができる。なかなかの差配である。

だが忠吾郎は、

「よいよい、わかっておる。このまま帰《けえ》って隼次郎旦那に言っておいてくれ。事を荒立ててはいけねえ、と。あとは相州屋に任せておけとな。なんとかうまく収めようじゃねえか」

「へ、へえ」

西海屋の手代は忠吾郎の押出しに圧倒されている。

さらに忠吾郎は言った。

女中は駕籠を降りて外に立っている。

「西海屋の隼次郎旦那はよう気が利きなさる。その駕籠、わしが借りるぞ。これから火急に手を打たねばならねえところがあるで」

「は、はい」

と、女中では忠吾郎になにも言えない。

忠吾郎は体を駕籠に押し入れると、顔だけ出して手代に訊いた。

「お栄は道中手形を持っているか」

「い、いえ、そんな暇《いとま》はなかったはずです」

女中が応えた。

「ふむ、わかった。駕籠屋、重うなってすまねえが、いま来た道を返してくれ。急ぎだ、さあ」

「へえ」

駕籠尻が地を離れ、向きを変え走り出した。

西海屋の三人とお沙世が、路傍に取り残されたかたちになった。

お沙世は知っている。忠吾郎は呉服橋の北町奉行所に向かったのだ。これから浜久に奉行や隠密廻《おんみつまわ》り同心を呼んでいては時を逸《いっ》する。忠吾郎がここまで強引になるのは、お仙と宇平がすぐさまお栄のあとを追ったからである。お仙たちは、すでにお栄の背を捉《とら》えているかもしれない。

お沙世は、遠ざかる駕籠を茫然《ぼうぜん》と見つめている西海屋の手代たちに言った。

「忠吾郎旦那に任せておきなさいよう。お栄ちゃん、相州屋の寄子だったのだから」

すでに手は打ってあるのですから……との言葉は、出かかったが呑《の》みこんだ。

これから事態は、どう展開するかわからないのだ。

このあとすぐだった。忠吾郎は呉服橋御門外の茶店の一室で、榊原忠之、染谷結之助と対座していた。

駕籠を呉服橋御門内の北町奉行所に乗りつければ一番手っ取り早いのだが、それはできない。奉行所の前庭に忠吾郎が立てば、その風貌《ふうぼう》から、

『えっ、お奉行の変装？』

と、思う者がいるかもしれない。実の兄弟であれば、似ているのも仕方ない。相州屋でもきわめて一部の者しか、忠吾郎の素性《すじょう》というより元の名を知らないように、北町奉行所でも奉行に武士を捨て町場で人宿の亭主になっている弟がいることを知っているのは、隠密廻り同心の染谷結之助とその岡っ引の玄八しかいないのだ。だから忠之は人知れず忠吾郎に奉行所の手に負えない探索を委《ゆだ》ね、忠吾郎は仁左らとともに、存分に裏走りができるのだ。

茶店といっても札ノ辻の茶店と違い、日本橋に近く、往還に出した縁台には赤い毛氈《もうせん》がかけてあり、茶代も札ノ辻では一杯三文が、ここでは十文も十五文も取る。暖簾《のれん》をくぐれば廊下があり、板敷きの小部屋がいくつかならんでいる。与力

や同心などが奉行所内で話せない来客があったときなど、この茶店を使っている。奉行がじきじきに来るのなど、初めてかもしれない。

忠吾郎はその茶店の前で駕籠を降り、店の者を遣《つか》いに立てた。忠之も染谷も、忠吾郎が近くまで来たことに驚き、すぐさま出向いた。忠之は袴《はかま》を着けており、染谷は着ながしに黒い羽織を引っかけた同心姿だった。

「あはは、そんな格好《かっこう》で来られたんじゃ、つい足を端座に組み替えたくなるぜ」

と、忠吾郎はあぐら居のまま言うと、

「実はなあ……」

壱浜丸の奇妙な船火事のようす、事前に出ていた艀《はしけ》、仁左が鎌倉で得た話などを披露し、掛川藩と普請奉行が係り合っているようだとの感想も述べ、

「いま仁左と大浜屋の惣平が、東海道を掛川に向かっておってなあ……」

忠之と染谷は、真剣な表情に緊張の色を滲《にじ》ませ、聞き入っている。

「それに困ったことに、西海屋のお栄が出奔《しゅっぽん》し、いまお仙と宇平があとを追っておる」

もちろん、荷物賄方《にもつまかないかた》として壱浜丸に乗り組んでいた大浜屋の庄造と、お栄が情交《わけ》ありであることも説明した。

忠之は声を荒げるのを懸命に抑えたように、押し殺した声で言った。

「馬鹿者！　なぜそれをさきに言わぬ。染谷」

「はっ」

「衣裳《いしょう》をあらため、玄八を連れすぐに発て。仁左とお仙たちを援護するのだ」

「ははっ」

染谷は返した。忠之は、掛川藩五万三千石が相手であることを前提に指図している。

これを引き出すために、忠吾郎は呉服橋御門外まで駕籠を駆ったのだ。

染谷が腰を上げようとしたのへ忠吾郎は、

「お栄と、それにお仙も宇平も道中手形を持っていねえ。連れ戻すにもかくまうにも、箱根を通らねばならねえかもしれねえので」

「相分《あいわ》かった」

忠之は応えた。道中手形の三通など、奉行所なら造作もないことである。

忠吾郎も腰を上げたとき、忠之は言った。

「こたびも、町奉行所の手に負えぬ事態になったようじゃな」

忠吾郎の話によって忠之は、柳営《りゅうえい》（幕府）の石垣普請が大名家と普請奉行の係り合う、重大事件を生んでいることを覚ったのだ。表情が、直接手の出せぬもどかしさに引きつっていた。

忠吾郎は言った。

「ふふふ、兄者《あにじゃ》よ。だからわしは武士を捨てたのさ。どんな支配違いの垣根もねえようになあ」

忠之は苦笑していた。


「おう、姐《ねえ》ちゃん。急ぎ旅だ。早いとこ一杯淹《い》れてくんねえ。二人分なあ」

と、縞《しま》の合羽《かっぱ》に三度笠、脇差《わきざし》一本を腰に帯びた股旅姿《またたびすがた》で染谷がお沙世の茶店の縁台に腰を下ろしたのは、陽が沈むにはまだ間のある時分だった。老け役の玄八が、老僕《ろうぼく》のようにこれまた旅姿で随《したが》っている。玄八が得意の老けづくりをしているのは、変装用のそば屋の屋台を担《かつ》いでいるときだけではない。老体のようであれば、イザというとき対手を油断させる効果がある。

お沙世の知らせで、

「おう、おう。いまからか、待っておったぞ」

と、忠吾郎が相州屋の玄関から出て来て、

「おっと」

走って来た町駕籠をたくみに避け、お沙世の茶店の縁台に歩み寄った。

染谷と玄八は縁台で口を湿らせただけで、忠吾郎が近づくと腰を上げ、

「半日遅れで、どこで追いつけるかわかりやせんが」

「ともかく、行って来まさあ」

と、先を急ごうとするのへ忠吾郎が、

「あれは？」

「ここに」

染谷は応え、ふところを手で押さえた。お栄とお仙、宇平の道中手形である。奉行所の作成だから、正真正銘、本物である。

「お栄さんとやらが、掛川藩の不正の解明にどう役立つかは、行ってみねえとわかりやせんが。大旦那もその気になっておいでで」

相手が大名家や旗本では支配違いで、おもて立って探索はできないが、忠之はやる気でいる。まだ漠然とではあるが、お栄の存在がそのきっかけの一つになっているかもしれないのだ。

「おめえさんらなら、支配違《ちげ》えもなにもねえからなあ」

「大旦那もそう言っておりやした。仁左どんもそのようで」

かたわらで玄八がうなずいている。

「ともかく、お願いしますね」

なにをどう〝お願い〟なのか、言った当人にもわからない。誰にもさきが読めないのだ。

お沙世の声を背に、染谷と玄八はともかく出立した。

陽が西の空にかたむきかけている。

二人は急いだ。

その背を見送りながら、忠吾郎は低く言った。

「わしも行きてえぜ」

今般の事態には、旗本家や大名家がからんでいる。いつどのように北町奉行所ともつなぎをとり、大名家に探りを入れなければならなくなるかわからない。扇《おうぎ》の要《かなめ》として、江戸を離れるわけにはいかない。

「あたしだって行きたいですよ。お栄ちゃんが心配で」

お沙世も言った。

三

染谷と玄八が浴びているのとおなじ陽光を、仁左と惣平が木洩《こも》れ日で受けたのは、遠州金谷の宿場を過ぎ、小夜ノ中山の樹間に入ってからだった。

「うーむ、まさしく難所だなあ。天候がくずれ、足をすべらせでもすりゃあ、断崖絶壁にまっさかさまだ」

と、仁左が足場に注意したように、片や崖《がけ》っ縁《ぷち》になった杣道《そまみち》が随所にある。それが九十九折《つづらおり》であれば、山中にまばらであった人影が、ときおり前にも後にも見えなくなり、自分一人が奥深い山中に分け入った恐怖を覚える。金谷の茶店で茶汲《く》みの婆さんが、

「――お天道《てんとう》さんがかたむきなさったら、小夜にはもう入らんこっちゃ。金谷《ここ》でひと晩宿《やど》をとり、峠越えはあしたにすることですじゃ」

と、真剣な顔で言っていた。

樹間の急な上り坂に、仁左と惣平はいまそれを感じていた。金谷を過ぎたのがすでに陽のかたむいた時分だったのだ。一度通ったことがある惣平は、

「――なあに、陽は落ちても明るさの残っているうちに峠向こうの日坂《にっさか》に入れますよ」

そのころには金谷に宿をとる者が多く、峠越えをしようとする者は少なかった。それだけに山中での人と人の間隔は広がっていた。

いまも聞こえるのは樹々《きぎ》のざわめきと、二人の足音のみである。崖っ縁の道ではなく、箱根越えを思わせる、昼なお暗い杣道だった。

「止まれ」

仁左が言ったとき、惣平も確かに聞いた。人の激しい足音に、

「待てーっ」

「逃がさんぞーっ」

わずか数歩前方の湾曲した向こう、すぐ近くだ。

身構えた。仁左は腰を落とし道中差に手をかけ、惣平も腰を落としたものの、こんな場合どうすべきか、戸惑っているようすだった。

前方の樹間に見えた。人影が仁左と惣平のほうへ突進というより、足をもつらせなかば転がっている。旅姿ではない。髷《まげ》も着物も酷《むご》いほどに乱した男だ。昼なお暗いといっても至近距離では、顔の見分けはつく。

「えっ」

惣平が声を上げた。

仁左は、

「おおうっ」

転がって来る男を、身をもって受けとめた。

同時に、

「おめえっ」

気づいた。惣平の驚きの声もそれだった。

男はなんと、壱浜丸で死んだと思っていた庄造ではないか。しかも、追われている。

仁左は庄造を抱えこむように均衡《きんこう》をくずし、そのまま、

「惣平、つづけ！」

かたわらの灌木《かんぼく》の茂みに飛び込んだ。

事情を訊く暇《いとま》はない。惣平もつづいた。

すぐさま目の前を抜刀した武士が二人、

「こっちだ」

「おうっ、とっとっとっと」

なかばすべり、転がるように過ぎ去った。

樹間のなかで、

「ふーっ」

「しっ」

大きく息をつこうとした惣平に、仁左は叱声《しっせい》をかぶせた。

さらに三人、抜刀こそしていないが、明らかにいま過ぎ去った二人の仲間と思われる武士が、

「ちきしょーっ。また曲がりくねっとるぞ」

「見失うな、急げ！」

「とっとっと」

おなじようにこけつすべりつ目の前を下って行った。

あとはいないようだ。いくらかの間を置き、急ぎ足の町人の旅装束が二人、坂道を上り、一人が下って行った。まだ日の入りまえだが、これが小夜ノ中山である。

「もうよかろう」

仁左が言ったのへ、

「庄造よ。いったい、これは」

惣平が言いながら首を杣道に出そうとした。

「ううう」

庄造はまだ恐怖のなかか、樹間で身を震わせながらうめいている。

「用心を」

仁左は惣平の帯をつかみ、灌木群のなかに引き戻した。

身を元に戻した惣平は庄造に、

「いったい、いったいなんなんだ。生きていたのか。どうやって。どうしてここに。さっきの侍は⁉」

「ううう」

庄造はまだ灌木群のなかにうずくまったまま、うめくばかりである。かつての活動的であった面影《おもかげ》がまるでない。庄造は思いもかけず大浜屋の朋輩で国者《くにもの》同士の惣平に出会い、一緒にいた相州屋の羅宇屋に助けられたのだ。心も頭もまだ整理がついていないのだろう。

惣平にしてもおなじである。死んだと思っていた庄造が、いきなり目の前に現われたのだ。それも、明らかに殺されようとしていた。訊きたいことは山ほどあり、それの整理もできていないだろう。

「これこれ、惣平どん。一度にそんなに訊いても応えられねえぜ」

仁左はたしなめ、

「それより庄造どん、理由《わけ》はあとだ。追いかけていたのは侍だったが、どこから逃げて来た。坂道を下っていたところを見ると、日坂から金谷に向かっていたように思うが、間違《まちげ》えねえな」

「うんうん」

庄造は顔を縦に振った。

仁左は言った。

「よし、決まった。いまから日坂へ行くぞ」

「えええ！」

惣平が驚きの声を上げた。

庄造も目を丸くし、怯《おび》えたように仁左を見つめた。無理もない。命を狙われ、日坂から小夜ノ中山に入ったところで武士団に追いつかれ、図らずも出会った仁左の機転によって助かったのだ。それなのにいま逃げて来た日坂に戻ろうというのである。

薄暗い樹間に、惣平と庄造は仁左を見つめた。

仁左は言った。

「わからねえかい。やつら五人とも、庄造どんは金谷に逃げたと思っているはずだ。すくなくとも庄造どんがさっきの切羽詰《せっぱつ》まったなかにくるりと向きを変え、あと戻りするなど、想像すらしねえだろう」

「あ、それで日坂へ」

惣平は仁左の思いを覚《さと》ったようだ。だが、勇気のいる策である。

仁左は言った。

「ふふふ。やつら、もうすぐ金谷の宿《しゆく》に入ろうよ。おそらく夜を徹して旅籠《はたご》を一軒一軒まわるだろうぜ。なあ、庄造どん」

「へ、へえ」

出会ってから、庄造は初めて返事をした。

「事情はあとで訊くとして、おめえさん、どこへ向かおうとしなすっていた。その形《なり》で、江戸かい」

「へえ」

「それをやつら、知ってるのかい」

「たぶん。い、いいえ、まあ」

庄造の応えは、要領を得ない。ともかく死地を脱した。だが、自分でもどこへ逃げこむかなど、まとまりがついていない。足は自然江戸に向いた。それを追っ手どもは知っている……といったところだろう。

「ならばやつら、大井川も由井も越え、箱根まで追いかけて行くかもしれねえなあ」

仁左が言ったとき、庄造の肩がビクリと動いたのを見逃さなかった。〝由井〟の名に反応したようだ。

つづけた。

「今宵《こよい》は日坂にわらじを脱ぎ、やつらとの距離をできるだけ開けよう。そのあとどうするか、宿《やど》でじっくり考えようじゃねえか。さあ、そろそろ出ても大丈夫だろう。やつら、この時分に引き返しても来《こ》めえよ」

言いながら灌木群を出た。薄暗さが増している。そろそろ日の入りかもしれない。山中での日の入りは、即闇《やみ》となる。

急いだ。

上り坂が下り坂となり、この先は断崖に張りついた岩場の道はないので、ひとまず安心できる。だが、あたりは闇となった。

杣道とはいえ、小夜ノ中山は惣平には二度目であり、庄造はさきほど通ったばかりである。まったく土地勘のないよりはマシだった。仁左はいかなる往還であろうと、灯《あか》りなしで歩を踏む修練は積んでいる。

山中の坂道を下り切れば、そこが日坂の宿場である。

どうやら小夜ノ中山を越えて来た、きょう最後の旅人になったようだ。まだ玄関に灯りのある旅籠もあり、幾人かの出女《でおんな》が出ていた。この時分、掛川のほうから来て、あしたの朝早くに小夜ノ中山を越えようとする旅人がいるのだ。日坂のつぎの宿場が、掛川の城下である。

愛想《あいそ》のよさそうな出女について行くと、由井のもみじ屋に似て、おもて通りから枝道に入った旅籠だった。ゆっくりするにはそのほうがよい。宿の番頭や女中が、庄造のいで立ちが尋常《じんじょう》でないのを訝《いぶか》ったが、

「いやあ、小夜を越えるのにこいつめ足をすべらしてなあ、崖の底でさあ。それですっかり時間をとってしまい、荷物も笠も全部なくしてしもうたのさ」

実直そうな旅姿の仁左が言ったのへ一同は納得し、

「ケガなどしておいでなら、薬はありますからおっしゃってください」

と、同情までして、ゆっくり休めるように一番奥の部屋に通してくれた。

四

湯は一人ずつの五右衛門風呂だった。ひと風呂浴び、遅ればせながらの夕の膳のあいだにも、庄造に惣平がしきりに問おうとするのを、

「まずは腹ごしらえだ。話はそれからにしよう」

と、仁左はそのつど牽制《けんせい》した。惣平が問いたいことは仁左も訊きたいことであり、しかも山ほどある。

庄造も突然の事態の変化に戸惑い、惣平に話したいこともあれば、おそらく隠したいこともあるのではないか。

『あのとき……』

と、自分から話してもよさそうなのに、避けているふしがある。

仁左は庄造に、それらをまとめる時間を与えているのだ。

庄造は話を避けているどころか、おどおどしている。武士団にいまなお狙われ

ているからだけではなさそうだ。この場から逃げ出したいような素振りさえ感じられる。

乱れた着物の肩に刀がかすめた跡があり、間一髪のところで斬られるのを免《まぬが》れたことを示している。刀傷はなかったが、あちこちに打ち傷をこしらえていた。女中が夕の膳を運んで来たとき、塗り薬を頼んだ。

風呂も膳も終わり、布団《ふとん》も敷かれ、淡い行灯《あんどん》の灯りのなかに、ひと息もふた息もついた。おもての通りはほとんどの旅籠が雨戸を閉じ、灯りもなくなっていよう。夕刻の武士団が引き返して来る気配はない。おそらくいまごろ、仁左の予測したとおり、金谷宿で旅籠を一軒一軒、しらみつぶしにまわっていることだろう。

布団の上で、三人は鼎座《ていざ》にあぐらを組んでいる。部屋の灯りは一張《ひとはり》の行灯のみで、庄造は肩をすぼめ、観念したような、憐《あわ》れなほどに小さく見えた。

「庄造！　いったい、どういうことなんだ⁉　生きていたのは嬉しい。だがな、わからないことが多すぎるぞ。さあ、言え！」

惣平が待ちかねたように問いを浴びせた。

「ま、待ってくれ、惣平。これには、これにはわけがあっ」

「だから、それを聞いておるのだ！」

いまにも飛びかからんばかりの惣平に、庄造はあぐらの足を投げ出すようにあとずさった。

仁左がゆっくりとした口調で言った。

「惣平どん、落ち着け。夜はまだ長いのだ。さあ、庄造どん。もう心の準備はできたかな。語ってもらいやしょうかい。おめえがさっきの侍《さむれえ》どもに殺されなきゃならねえ理由《わけ》をよう。心あたりがねえじゃ困るぜ」

庄造は当初、相州屋の羅宇屋が遠州まで来て、しかも惣平と一緒にいるのに不思議を感じたが、武士団をやりすごすときの采配《さいはい》や日坂への引き返しを主導するなど、その指図をいままでは自然に受け入れている。しかも逸《はや》る朋輩の惣平をたくみに抑えてくれているのだ。

その仁左の穏やかな口調に、

「へえ」

庄造はくずした足をふたたびあぐら居に組みなおし、

「すまねえ惣平、わし、とんでもねえことをやっちまった」

話しはじめた。

「お江戸の、普請奉行の……」

「財津弾之丞かい」

と、仁左。

「へえ。そのご用人さんと、掛川藩のお侍さんとに言われたのだ」

「だからなにを」

と、惣平。

庄造はつづけた。

「うまく行けば、わしを掛川城下に呼んで藩御用達《ごようたし》の廻船問屋を立ち上げさせ、その資金もすべて藩が用意してやる、と」

夢のような話である。掛川藩領内の村を捨て、江戸に出た若者が、藩の助けで城下に戻り、さらに藩のお膳立てで廻船問屋を立ち上げる。まさしく郷里に錦《にしき》が飾れるのだ。

あまりのことに、仁左も惣平も問い返せず、ア然となった。

庄造は言う。

「お栄に話すと、すごくよろこび……。それで壱浜丸が掛川の湊に入ってから、藩のお侍と綿密につなぎをとり、荷を船に積み込むまえの日、藩のお役人が上乗の七兵衛さんを酔いつぶし、荷改めは藩のお役人立ち会いのなか、わし一人でやりましただ。千両箱で三万両……」

「ふむ」

仁左は相槌《あいづち》を入れた。御用金三万両はほんとうだったのだ。惣平は知っていた
のか、無言で固唾《かたず》を呑《の》んだままである。

「だがなあ」

と、庄造はひと息入れ、

「千両箱の中は、中身は……」

「なんだったのだ。言うのだ、庄造！」

仁左が強い口調になった。

庄造はあぐら居のまま上体を前に倒し、こぶしを握り締めた両手を布団に押し
つけ、

「石コロ、石コロだったのだあっ」

「なにい！」

惣平が声を上げ、

「つづけろ、庄造」

と、仁左。

　庄造はつづけた。

「へえ。藩のお役人の差配で、ご城下の人足たちが石コロの千両箱を壱浜丸に積み込んだんだ。七兵衛さんが湊に戻って来たのはそのあとで、わしが中身に相違ないことを告げると署名捺印《なついん》され、その場から陸路江戸へ戻ることになりました。船頭さんも船親父さんも首をかしげていましたが、藩のお役人が、明細請け状を一刻も早《はよ》う江戸の藩邸に届け、藩は柳営にそれを示し、石垣普請に着手した証《あかし》にせねばならぬからと説明され、納得しておいでした」

「それで、それで由井の浜での船火事はっ」

　惣平はあぐら居のままひと膝まえにすり出た。

　庄造は両のこぶしを敷布団に押しつけ、話している。

「夜になり、満ちた潮が引きはじめるころあいを見はかり……ううっ」

　言葉を切り、

「胴間《どうま》に油をまき、わしが、わしが火をつけたんだあっ」

　顔を敷布団に突っ伏した。その肩が震えている。

「なんだと!?　庄造！」

飛びかかろうとする惣平を仁左は制し、

「火の手が上がったとき、すでに艀が幾艘《いくそう》か出ていたというのは？」

「藩の、藩の差金《さしがね》ですうっ」

庄造は顔を敷布団に押しつけたまま、

「火付けと同時に飛び込んだわしを救い上げ、あとは、あとは、一人も生かしておくなーっ、と」

掻巻《かいまき》を頭にかぶり、絶叫した。仁左が鎌倉の旅籠の湯舟で居合わせたのは、そのときの連中であろう。辻褄《つじつま》が合う。

「船頭《ふながしら》さんも、舵取《かんどり》さんも、助けなかったのかあっ。義平のおっ母《か》さんなんかなあ、商舗《みせ》の前で半狂乱になってなあっ」

丸顔で普段は温厚な惣平が顔面を真っ赤にし、思わず枕元の脇差に手をかけようとしたのを、

「ならねえ！　生き証人だぞっ」

仁左はその腕を押さえた。

「殺してくれえっ、わしをっ。ここでえっ」

掻巻をかぶったまま庄造は叫ぶ。

「もうし、お客さんがた。どうかなさいましたか。殺すの殺さぬのと聞こえましたが」

ふすまの向こう、廊下から女中の声が聞こえた。

すかさず仁左が立ってふすまを開け、手燭《てしょく》を手にした女中に、

「あはは。すまねえ、夜分に。ちょいと悩み事が昂《こう》じやして。こいつが生きるの死ぬのと声を荒げやしてね」

苦笑しながら、頭から掻巻をかぶっている庄造を手で示した。

「あれまあ、こんな夜中に。ほかにもお客さまが泊まっておいでですから」

落ち着いた仁左のもの言いに、女中は安堵の表情になり、その場を離れた。一同が布団の上にいたのもまた、女中を安心させたようだ。

仁左はふすまを閉めて声を落とし、

「話はまだ終わっちゃいねえ。惣平どんも庄造どんも、大きな声はいけねえぜ」

言いながら敷布団の座に戻った。

庄造はそっと頭を上げ、掻巻を払いのけた。

「おまえっ」

惣平が抑えた声を絞り出し、仁左が、

「夕刻の、あの山中だ。掛川藩の侍《さむれえ》だろうが、明らかにおめえの命を狙っていやがったぜ。なぜなんでえ。掛川藩は、おめえを助けてくれるんじゃなかったのかい」

庄造は敷布団の上に端座になっていた。

「はい、その約束だったのです」

「うううっ」

庄造の言葉に、惣平がうめき声を上げた。普請奉行と掛川藩の誘いに乗った庄造が許せないのだ。

仁左がまた手で制した。

庄造はなおもつづけた。

「由井の沖合から艀《す》で奥津の浜に漕《こ》ぎつけ、そこから掛川藩のお侍と、街道を掛川へ引き返しました。そこで城下のどなたかの屋敷にかくまわれました。いえ、軟禁、そう、監禁でした。幾日か過ぎ、わし、外へ出てみたくなり、監視のお侍にお願いしました。翌日でした。出してやろうと言って、人気《ひとけ》のない川原のようなところへ連れて行かれました」

「それで」

惣平がひと膝まえにすり出た。二人とも抑えた声だった。

不意に庄造の顔が恐怖に引きつったようだ。声も、途切れ途切れになった。

「い、いきなり、斬りつけられたのです。わしも、船に乗って体は鍛えております。刀をかわし、一目散《いちもくさん》に逃げました。やつら、端《はな》からわしを騙《だま》し、石コロを積んだ壱浜丸を沈め、そのあと城下でわしを殺すつもりだったのだあっ」

また顔を敷布団に伏せた。

人気のない川原……、明らかに庄造は口封じに殺されかかったのだ。

仁左は、これ以上ようすを吐《は》かせるのは酷なような気になった。船火事の一件はわかったが、まだ訊かねばならないことがある。

仁左は言った。

「お栄は、このことをどこまで知っているのでえ」

「あいつは、あいつはなにも知りません。ただ、わしが掛川に来いと言うただけで、いまお栄はどうしているか知らない。わしも、気になってるんだ！」

庄造は、お栄をかばっているようだ。

「そうかい。ならばお栄はいまごろ、迷いの岐路《きろ》に立っていることだろうなあ」

「おそらく」

仁左が言ったのへ、惣平もうなずいた。お栄が西海屋を出奔したことは、庄造はむろん仁左も惣平もまだ知らない。いま、そのお栄をお仙と宇平が追い、そのお仙と宇平を染谷と玄八が追っているのだ。

朝になり、昨夜は気がつかなかったが、庄造が山中で受けた打撲《だぼく》がかなり重症で、医者を呼ぶと、激しい歩行は困難と診断され、日坂の旅籠であと一日、養生《ようじょう》することにした。骨に異常のないのが、不幸中のさいわいだった。

ただ仁左と惣平は、庄造が逃げ出さないかに気を遣った。大事な生き証人であり、生きて江戸へ連れ帰らなければならないのだ。

「ふふふ。ここに一日留《とど》まりゃあ、それだけ追っ手の武士たちとのあいだが広がるぜ」

仁左は算段した。

五

お栄は若いせいか、思いのほか俊足《しゅんそく》だった。お仙と宇平が街道にその背を捉《とら》えたのは、品川宿の街並みを過ぎ、六郷川の渡しの手前だった。

お仙は声をかけなかった。

「ここで連れ戻そうとすれば、騒《さわ》ぎになります。得策ではありません」

宇平に告げ、さらにあとを尾《つ》けることにした。六郷川の渡しではおなじ舟に乗った。できるだけ離れて座を取り、乗るときも降りるときも、顔を会わせないようにした。それからはただひたすら間合いを取り、あとに尾いた。街道は人や馬、大八車の往来はあっても一本道である。見失うことはない。しかもお栄はただひたすら前を向いて歩いているのだ。

染谷と玄八は、半日遅れがたたったか、なかなかお仙たちの姿が捉えられなかった。江戸を発ってより早駕籠にも乗り、二日目の夜には相州の小田原に入っていた。かつて忠吾郎が、渡世人《とせいにん》の一家を張っていた土地《ところ》である。

通常の旅なら、小田原に着くのは丸二日を要する。それを思えばかなりの急ぎ旅をしたことになる。

「あしたは箱根越えだ、なんとか見つけないといかんぞ」

「あのお人らも今宵は小田原泊まりのはずでさあ。あしたは関所の近くでまごまごしてるに決まってまさあ。そこをつかまえやしょう」

染谷が言ったのへ、玄八は返していた。染谷のふところには三人の道中手形と朱房《しゆふさ》の十手《じつて》が入っている。玄八も房なしの十手を持たされている。

玄八が言ったように、この夜、三人は小田原の旅籠にわらじを脱いでいた。お仙と宇平はお栄のあとにつづき、おなじ旅籠に入った。お栄は深く思い悩むことがあるのか、お仙たちに目をつけられていることに気づくことはなかった。もっともお栄は、お仙と宇平を知らない。廊下ですれ違っても、気づくことはないだろう。


この日、遠州の日坂の旅籠で丸一日、仁左と惣平が庄造を見張りながら打撲傷の療養をさせていた日である。

その翌日、お栄とお仙、宇平、それに染谷と玄八がそれぞれに小田原の旅籠を出るとき、日坂では仁左と惣平が庄造をともない、江戸に向けわらじの紐《ひも》を結ぶことになるだろう。

そのとおりだった。

「ようございましたねえ。傷のほう、よくなられまして」

女中が外まで見送りに出た。きのうのうちに仁左と惣平は日坂宿の古着屋をまわり、道中笠から手甲脚絆まで、庄造の旅装束を整えていた。道中差《どうちゆうざし》も帯び、振分《ふりわけ》荷物まで肩にかけた姿は、おとといの夜この旅籠に入ったときとは見違えるほどだった。

旅籠が表通りから枝道に入ったところなのがよかった。女中が見送ったのは旅籠の玄関前であり、おもて通りまでは出て来なかった。だから掛川に向かうのではなく、来た方向の小夜ノ中山に戻るのを気づかれ、不審に思われることはなかった。

日坂宿を出て山場に向かえば、そこは即小夜ノ中山である。

樹間の上り坂に歩を踏みながら仁左は言った。

「庄造よ、逃げようなんて気を起こしちゃ、おめえのためにもならねえぜ。陸《おか》も海も違《ちげ》えはねえ。火付けは火刑《ひあぶり》と相場が決まってらあ。だがな、江戸で相州屋から口添えはするぜ。なにもかも話しゃ、お上《かみ》にもお慈悲《じひ》はあらあ。命ながらえ、お栄と一緒になれる日も夢じゃねえぜ」

「へ、へえ」

庄造は返し、聞いている惣平は、

（仁左さんも相州屋さんも、いったいいいかような……）

思いを深めていた。

樹間の上り坂が下り坂に変わった。ここからいよいよ難所といわれる、岩場の多い、断崖絶壁に張りついた九十九折の杣道がつづく。

おととい、庄造があやうく斬られかかった箇所も、

「このあたりだったなあ。俺も度胆《どぎも》を抜かれたぜ」

「ともかく庄造が生きていてくれて、ようございました」

「………」

仁左と惣平は声をかけ合いながら過ぎたが、そこに庄造の声はなかった。おとといの夜すべてを吐露したあと、ほとんど口をきくことはなくなっていた。哀れなほど、罪の意識に苛《さいな》まれているのだろう。

天候には恵まれた。

坂を下れば金谷の宿場である。おとといの夜、五人組の武士団が必死に探索したことであろう。道中笠の前を下げ、足早に通り過ぎた。

金谷を過ぎるとすぐに大井川の渡しである。この川が遠州と駿州の境となっている。川幅が広く水流が急で、小夜ノ中山とともに東海道の難所の一つに数えられている。

川の流れの音が聞こえてきた。

「五人の侍《さむれえ》ども、きのう渡って、きょうはもう由井のあたりに近づいているかもしれねえなあ」

「あのあたり、もうすっかり土地勘ができましたよ」

歩を進めながら仁左が言ったのへ、惣平が返した。

「うう」

そこに庄造がうめき声を洩らした。〝由井〟の地名に反応したようだ。無理もない。その沖合で火付けの大罪を犯しているのだ。

水流の音とともに、いきなり視界が開けた。

ゴロタ石の広い川原には、川会所《かわかいしょ》を中心に旅人や川越人足が群れている。女は輦台《れんだい》を雇い、男は人足の肩ぐるまで渡る。それらの呼び込みや渡し賃の交渉の声が聞こえる。

おそらくきのう、五人組は金谷宿以上に、この川原の人足たちに聞き込みを入れてまわったことだろう。

瞬時、心ノ臓を打つものがあり、川原を前に仁左は足を止めた。

「どうしました」

「いや、ちょいとな」

惣平が訊いたのへ仁左は応え、立ち止まったまま笠の前を上げ、人の群れている川原をみまわした。庄造もその意味を覚《さと》ったか、腰を落とし窺《うかが》うように人の群れへ視線をながした。

五人組は川越人足たちへしらみつぶしに聞き込みを入れたが手掛かりは得られず、庄造はまだ渡っていないのではないかと判断し、

(川原を見張っている)

あり得ないことではない。それが仁左の脳裡《のうり》をよぎったのだ。

「ううっ」

庄造がうめいた。

同時に、隠れるように仁左の背後に身を引いた。久しぶりに聞く庄造の声だ。上《うわ》ずっている。

「向こう岸、向こう岸」

「おっ」

仁左は目をやって声を上げ、

「あれはっ」

と、惣平もそれを目にとめた。

向こう岸の人の群れのすこし上流のほう、塗笠《ぬりがさ》をかぶった武士が三人。立ったまま人の動きを見つめている。川原の茶店なら目立たないだろうが、人の群れを離れたところから見つめている。五人ではないが、間違いないだろう。それにしてもあのように目立つとは、探索には素人《しろうと》のようだ。

「こっちだ」

仁左は二人をうながし、向こう岸から見えないところへ移った。

ふたたび上ずった声で庄造が言った。

「離れていて、顔までは慥《しか》とは見えません。けど、あの姿かたち、間違いありません」

「俺もそう感じたから、やつらから身を隠したのだ」

「えっ、戻るのですか⁉」

仁左が返したのへ、庄造がまた言った。虎口《ここう》に戻ると感じたのか、恐怖を帯びた声だった。

「仁左さん！」

と、惣平も緊張し、視線を仁左に向けた。

掛川藩の五人組は仁左が考えたような、いまごろ由井のあたりにまで歩を進めている頓馬《とんま》な一行ではなかった。

金谷でも大井川でも、庄造の消息《しょうそく》は知れなかった。着の身着のままで髷も乱して逃げたのだ。ひと目で不審な者とわかるはずである。

『われらをあざむくためいずれかに潜《ひそ》み、数日後に大井川を渡る算段……』

そう判断したのかもしれない。それできのうから、大井川を見張っている。ならば、あとの二人は……。ときおり交代のため、近くに潜んでいる。あるいは、念のため歩を前に進めた……？

仁左は言った。

「進むぞ。正面突破だ。人足の肩ぐるまで川を渡り、やつらの目の前で下りる。たぶん、お店者の旅装束を整えた庄造に気づくまい。肝心なのは、川越人足や旅人の群れから離れぬこと。やつらの視界から俺たちだけ離れようとすると、かえって目立つ。それに庄造」

「へえ」

「おめえは笠で顔を隠そうとしたり、人の影に隠れようとしたりするな。そのような素振りを見せりゃ、かえってやつらの目を引く。俺たちゃあくまでお店者の旅人だ。自然体でやつらの前をやりすごすのだ」

「へ、へえ」

庄造は緊張した面持ちでうなずき、惣平がやはり心配なのか、

「もし、見破られたらどうします」

「安心しろ。最初やつらは人気《ひとけ》のねえ城下の川原で庄造を殺そうとし、つぎに襲ったのは、これまた他人《ひと》の目が途切れた小夜ノ中山だった」

「そ、そのとおりで」

また上ずった声で庄造は返した。

仁左は言う。

「ということはだ、やつらは庄造を人知れず葬《ほうむ》ろうとしている。つまり、口封じだ。殺しを他人に見られちゃ、目的は果たせねえ」

「ううう」

うなり声はむろん庄造である。

仁左はつづけた。庄造の緊張を解くためである。

「だからよ、よしんばやつらがおめえに気づいたとしてもだ、こんな人目の多いところで襲っては来るまいよ。襲える場をさがしながら、街道をずっと尾けて来

ようぜ。そのなかで、新たな算段をまた考える。さあ、行くぞ」

三人はふたたび人の混みあう川原に出た。

「普段のように、普段のように」

つぶやいたのは惣平だった。一方の庄造は、声も出ないほどに緊張している。ゴロタ石に歩を踏むのにも、からだの強張《こわば》っているのが看《み》て取れる。

川越人足の肩ぐるまで川に入った。三人は一列になっているが、まわりにも肩ぐるまが行き交い、すぐそばを輦台も水音を立てており、三人が一列になっても他と見分けはつかない。

三人の武士の視界のなかで、

「さあ、着きやしたぜ」

川越人足の皺《しわ》枯《が》れた声に、三人は東岸の地に足を下ろした。そこも歩きにくいゴロタ石の川原だ。

(まずい)

仁左は思った。やはり恐怖からか庄造が笠で顔を隠し、ゴロタ石を歩く姿もぎこちないのだ。三人の武士のなかに、見知った顔があったのかもしれない。あるいは城下の人気のない川原で、庄造に斬りつけた者がいたのかもしれない。

三人の武士に動きがあった。

庄造に視線を集中している。

気づかれたようだ。

「行こうか」

仁左はさりげなく声をかけ、まわりの旅人に混じってゆるやかな土手に向かった。ゴロタ石の途切れたあたりから足場が踏み固められ、ふたたび街道となって東に延びている。

さりげなくふり返ると、はたして三人の武士が尾いて来ていた。

「ふり向くな」

仁左は言ってから惣平と庄造に、武士たちが尾いたことを告げた。思わず庄造がふり返ろうとしたのを、

「まっすぐ歩け」

「へ、へい」

仁左が強い口調で言ったのへ庄造は返し、顔を前に向けた。惣平も庄造も、完全に仁左の差配に従っている。

あと二人の武士が気になる。

歩を進めながら仁左は思った。

(染谷と玄八がいてくれたなら)

二人を三人の武士の後方に配置し、その動きを封じながら他の二人の所在も探ることができる。だが惣平と庄造では戦力にならないばかりか、混戦になれば足手まといになる。唯一の救いは、〝敵〟の目的がわかっていることである。

大井川を過ぎれば、嶋田《しまだ》の宿場はすぐである。襲われる心配はない。夜道でない限り、街道に人の目が絶えることはない。宿場のなかはさらに安心である。

嶋田宿を過ぎた。

ふり返った。

はたして武士の数が五人になっていた。二人は嶋田宿で三人を待っていたようだ。仁左たちが止まることなく歩いていたもので、二人が前方につき三人が後方から追いあげるといった、挟《はさ》み撃《う》ちの態勢をとる余裕がなかったようだ。五人が固まって尾けて来るとは芸がないが、数が増えたことは確かだ。

庄造の恐怖は増した。

仁左は言った。

「このまま明るいうちに入れる宿場まで進むぞ」

「へ、へえ」

「明るいうちなら、江尻《えじり》かと」

庄造がうなずき、惣平が言った。来た道を返しているのだから、およその見当はつく。仁左もその算段だった。

江尻の先が、すでに土地勘のできている奥津《おきつ》、由井とつづいているのだ。

予想どおり、日の入りすこしまえに江尻の宿場に入った。

五人の武士どもは、おそらくどこで仕留めようかと焦《じ》れていることだろう。同時に、

『あの二人は何者だ』

『一人が差配のようで、庄造はそやつに従《したご》うているように見受けられるなあ』

気にしながら、それだけの目利きはしていよう。

六

この日、仁左たちが金谷を発った朝、お栄も小田原を発っていた。もちろんお仙と宇平、それに染谷と玄八もである。

染谷と玄八は日の出まえに宿《やど》を出て、宿場町でもある小田原城下の町はずれに陣取った。もちろん、街道を行く旅人を観察できる物陰である。

日の出である。この時分にも、街道を町場に入る者はいる。近在の百姓衆の野菜や川魚の物売りである。だが往来人のほとんどは町場を出て、これから箱根に向かおうとする旅の者たちである。

そのなかに、

「旦那、あの若い女は」

「ふむ、そのようだな」

玄八が言ったのへ染谷がつづけた。女の一人旅は目立つ。

物陰の低い声はつづいた。

「ということは、お仙さんと宇平どんもすぐ近くということだな」

「そりゃあ、お仙さんにぬかりはございませんでしょう」

これまでも相州屋と北町奉行所の秘かな合力《ごうりき》に、お仙は仁左とともに奔《はし》り、くノ一まがいの機転と腕前を披露している。

「あっ、来やした」

「ふむ、さすがだ」

お栄の五間《けん》（およそ九米《メートル》）ばかりうしろに、お仙と宇平がつづいている。きのうの夕刻、小田原城下に入ってから、お仙と宇平はお栄とおなじ旅籠にわらじを脱いだ。さりげなくお仙がお栄の部屋を女中から聞き出し、注意をそそぎながら朝はお栄が発つとともに、自分たちも旅籠を出たのだった。こうした尾行もかなり神経をつかい、気疲《きづか》れする。

物陰で染谷はつぶやくように言った。

「みょうだなあ。お仙さんたち、お栄を掌握《しょうあく》しているのなら、なぜ話しかけようとしねえ。尾行など、めんどくせえことを」

「そういやあそうでやすねえ。なにか算段がおありなのじゃ」

「よし俺たちもしばらくあとを尾け、ようすを見てみよう」

「がってん」

二人は物陰から出て、お仙たちのうしろ五間ほどに尾いた。

お栄は思いつめるものがあるためか、ただ前方を見つめ一心不乱に歩を踏み、背後を気にするようすはまったくない。お仙と宇平は神経をお栄の背に集中し、これまた背後に注意する気配はない。しかも街道の一本道である。

「こりゃあ尾けやすいですぜ」

「そのようだなあ」

染谷と玄八は言葉を交わしながら歩を進めた。

お仙には算段があった。

お栄が道中手形を持っていないと、お仙は予測している。自分たちもないのだ。箱根の関所を前に、お栄は思案に暮れるだろう。そこを狙って話しかけ、旅は道連れとばかりに、一緒に灌木群に分け入り、関所抜けをしようというのだ。

無謀すぎる。関所破りは重罪だ。

ただ、それを一緒にやれば、

(互いに親近感が湧く)

そこであとは一緒に旅をつづければ、いずれかで仁左に出会えよう、そのあとのことは、仁左の差配に従えばよい……と、算段しているのだ。お栄を江戸へ連れ戻すだけが目的ではない。お栄をつうじて事件の真相に近づくのが目的なのだ。

染谷も似たような算段だった。お仙と宇平へさきに道中手形をわたし、さらにお仙から〝相州屋に頼まれた〟とでも言わせてお栄も無事に関所を抜けさせ、やはり旅は道づれとばかりに一緒に道中をつづけ、場合によっては掛川まで行き、誰とどう接触するかを探ろうとの策を立てているのだ。途中で仁左に出会えば、惣平はともかく、仁左はそれこそ大きな力になる。その仁左が庄造をともなっているなど、いまの染谷と玄八には思いもよらぬことである。

いま染谷らとお仙たちは、箱根へ向かう往来人のながれに乗っている。陽が高くなったころ、街道はそろそろ上り坂となり、両脇も樹々に囲まれ、向かいから来る旅人とすれ違いはじめる。

「旦那、関所はもうすぐじゃねえですかい。そろそろお仙さんたちに声をかけてやらねえと」

「ふむ、そうだなあ」

老けづくりの玄八が言ったのへ染谷が返した。染谷もそう思いはじめていたのだ。二人の位置から、前方のお栄のうしろ姿も見え隠れする。それらお仙たちとお栄の足が、目に見えて遅くなったのだ。おなじ方向へ進む旅の衆から、しだいに追い越されはじめている。宇平ならともかく、女とはいえ若いお栄やお仙までが遅れているとなると、疲れたからでないことは見てわかる。

お栄の背が落ち着かなくなって歩が不規則になり、お仙たちもそれに合わせているのだ。

お仙も、染谷たちもおなじ見立てをしていた。かつてお栄は江戸へ出るとき、おそらくなんらかの手段で関所抜けをしたはずである。けもの道や脇道があるのなら、その所在を知っているのかもしれない。

（それがこの近く……）

だから玄八は染谷に〝そろそろ〟と、お仙たちへの声かけをうながし、染谷がうなずいたのだ。

坂道が湾曲し、木立の陰に前方のお栄の姿が見えなくなった。

「よし、いまだ」

染谷は声に出し、足を速め、

「お仙さん、宇平どん」

声をかけた。

「えぇえ！」

「これはっ」

「しーっ」

ふり返り思わず足を止めたお仙と宇平に、染谷は人差し指を口にあて、そのまま歩を進めるよう手で示した。染谷のすぐうしろに玄八もいる。

前面にふたたびお栄の背が見えた。その足はなかば立ち止まり、樹間のほうにきょろきょろと目を凝《こ》らしている。

歩を進めながら、お仙と宇平が相州屋を発ってから、染谷と玄八が街道に出張《でば》ることになった経緯《いきさつ》、それに仁左が惣平と掛川に向かったことを話し、

「旅にこれを忘れちゃいけやせんぜ。忠吾郎旦那から頼まれやしてね」

視線は前方のお栄の背に釘《くぎ》づけたまま、ふところから三人分の道中手形を取り出した。

「それは！　まあ、ありがたいことでございます」

お仙は大いに感謝し、

「それでは、さっそく」

さすがである。即座に方途《ほうと》をあらため、新たな策にかかった。

お仙と宇平は商家の新造とその老僕の風情を扮《こしら》えている。道中手形もそのようになっていた。箱根の関所は、武家の妻女が江戸を出るには相当に厳しい。お栄の道中手形は、正真正銘の商家の女中の里帰りとなっている。

染谷は縞の合羽に三度笠で渡世人を扮えているが、道中手形は〝公用〟で、老けづくりの玄八のものも同様のことが記載され、実際の歳が記《しる》されている。

ふたたび樹々の茂みの多い往還が湾曲し、お栄の背が見えなくなった。お仙は染谷とうなずきを交わし、歩を速めた。宇平もそれにつづいた。

お仙の目はすぐにお栄の背を捉えた。

お栄はなかば立ち止まり、

（このあたりだったけど）

といった風情で、灌木の茂みに向かい、深刻な表情で首をかしげている。

「もうし。間違ったらご免なさい。江戸は浜松町の西海屋のお栄さんではありませんか」

お栄はびくりとしてふり返り、身構えるように一歩下がった。だが見ると品のよさそうな女の背後に、まじめそうな老僕が立っている。怪しむべきところはない。だが江戸を離れた相州の地でいきなり名も奉公先も言われ、自分は関所抜けの道を探していたのだ。

「あ、あ、あなたさまは」

「はい。道中にお栄さんを見つければ、これを渡してくれと相州屋の忠吾郎旦那に頼まれましてねえ」

お栄は道中手形を示され、

「えぇえ！」

驚きの声を上げた。

お仙はつづけた。

「やはりお栄さんのようですね。よかったあ。あたくしも相州屋さんにいろいろお世話になっておりましてね。あなたが江戸を発ちなさったすこしあとに、わたくしは知人をたずねて掛川まで行くものですから、忠吾郎旦那に挨拶《あいさつ》にうかがうと、それを頼まれたのですよう。ほんとに会えてよかったです」

お栄はまだ半信半疑でお仙と宇平を交互に見つめているが、明らかに表情にはホッとした色があらわれていた。無理もない。あるはずの関所抜けの杣道が痕跡すら残っていないのだ。

「さあ、関所はもうすこし先です。参りましょう」

「は、はい」

お栄はうなずき、あらためて歩を踏み出した。手には、相州屋忠吾郎が用意したという道中手形が慥《しか》と握られている。お仙と宇平に疑うべきところがなにもないばかりか、地獄にホトケである。

歩きながらお仙は言った。

「ほんとうに相州屋さんの忠吾郎旦那は、ホトケのようなお人ですねえ。お栄さんが以前、相州屋の寄子だったというだけで、西海屋のお手代さんが相州屋さんに駈けこみなされ、そこにあたくしが居合わせたものだから、すぐそれを用意なされ、あたくしに頼むなどと。あたしゃ驚きましたよ。でもよかったあ。ほんとうに会えて」

「まったくでございます」

かたわらで実直そうな宇平が相槌を入れた。

すぐに道中手形が用意できた、手まわしのよすぎることを除けば、西海屋の手代が相州屋に駈けこむなど、すべて辻褄《つじつま》が合うのだ。とっさにお仙と染谷、玄八が立てた策である。

もうすぐ関所である。

「おぉお。前のお人ら、江戸の札ノ辻のご新造さんじゃありやせんかい」

お仙たちは不意に背後から声をかけられた。といっても不意にというのはお栄だけである。お仙と宇平はいまかいまかと待っていたのだ。

三人そろってふり返った。縞の合羽に三度笠の渡世人が、老僕のようなのを従え、走り寄って来る。

お仙が懐かしそうに言う。

「あぁら、小田原のお人。お懐かしい」

「へい、あっしらも。おや、こちらのお女中は？」

やくざ者のような男に視線を向けられ、お栄は怯《おび》えたような顔になった。

お仙が言う。

「ああ、この人ねえ。遠州は掛川の出で、以前、相州屋さんの寄子宿にいた人ですよ。お里帰りの途中で、ちょうどあたくしたちとおなじだったもので、ご一緒していたんですよ」

「そうですかい。忠吾郎旦那のところにねえ。それはよござんした。あっしも小田原から江戸に出ることがよくあるんでやすが、そのときはいつも忠吾郎旦那のところにわらじを脱ぎやしてね。ほれ、茶店の向かいの路地を入って、五部屋つづきの長屋が二棟ある寄子宿。そうですかい、そこにいなすった人ですかい」

「は、はい。しばらくそこでお世話になり……」

「ほう、ほうほう。向かいの茶店の、ほれ、お沙世さんといいなすったかなあ。きれいな看板娘で、いまもおいでですかい」

樹間の路傍でここまで話せば、お栄の表情はやわらぎ、さらに忠吾郎がかつて

小田原で一家を張っていたと、西海屋でうわさに聞いたことを思い出し、

（その所縁《ゆかり》の人）

と思い、胸襟《きょうきん》を開いた。

染谷はさらに言った。

「あっしらは掛川じゃござんせんが、そのちょいと先まででやしてね。方向はおんなじになりまさあ」

これまた旅は道連れで、一緒に歩を進めることになった。

やくざ者でも、腕の立ちそうな男が一人ついておれば心強い。それに女同士であるお仙が、染谷になんら警戒心を持っていないのが、お栄を安心させた。さらに〝老僕〟同士の玄八と宇平も親しそうに話している。お仙と宇平も、染谷と玄八も本名でとおした。これから幾日、旅は道連れになるかわからない。偽名を使っていたのでは、ついほころびが出ることもある。

関所ではなおさらである。染谷と老けづくりの玄八は悠然としている。

お栄は緊張し心ノ臓を高鳴らせたが、無事通過できた。

ことさらにホッとした。それからの道中もお仙は、お栄が道中手形を持っているのを当然のようにふるまい、なんら話題にしなかった。お栄も話さなかった。

いかに忠吾郎旦那の手配した心づくしといえ、場合が場合だけに、他人に言ってはならないものと認識しているようだ。

その日は駿州の沼津《ぬまづ》泊まりとなった。

おなじ旅籠で別々に部屋をとった。そのほうが染谷と玄八にとっては、気遣いなく楽になる。

夕の膳は一つの部屋でとった。

いろいろと世間話は出るが、お仙と宇平も、染谷と玄八も、船の遭難は一切話題にしなかった。

お栄はますます気を許し、疑う意志さえ捨て去っていた。

ただ染谷が箸《はし》を動かしながら、

「あしたの朝、沼津《ここ》を発てば、午過《ひるす》ぎには由井を経て、陽のあるうちに江尻《えじり》になりやしょうか。そこから大井川さえ暴れてくれなきゃあ、掛川まで一日半てとこでやしょうかねえ」

言ったとき、お栄は肩をビクリと動かし、瞬時硬直させたようだ。〝由井〟に反応したことは明らかである。

年の功か宇平が言った。

「あしたは早立ちで江尻泊まりですね。さあ、明るいうちにさった峠を越えられますよう、きょうは早めに寝ましょう」

「そう。さっき宿の人に訊けば、江尻まで九里（およそ三十六粁《キロ》）とのことです」

お仙が返した。

箱根越えを終えた、沼津の夜だった。

七

お仙と宇平に尾いている染谷と玄八が、箱根の関所を前にそろそろ声をかけようかとしていた時分になろうか。きのうのことである。

大井川を渡った仁左、惣平、庄造の三人は嶋田の宿場を通り過ぎ、藤枝《ふじえだ》、岡部《おかべ》も過ぎ、仁左が、

「きょうは江尻泊まりになろうかなあ」

「なにごともなかったらでございましょう」

惣平が上ずった口調で返し、ちらとうしろをふり返った。

「いた、いたか」

庄造が前を向いたまま訊いた。自分で確かめるのが恐ろしいのだ。嶋田で五人となった武士団は、相変わらず尾けて来ている。

「ああ、五人そろって」

「ううっ」

惣平が応えたのへ、庄造はうめき声を洩らした。

「ふり向くな。なにごともないように歩くのだ。このまま行けば、今宵はやはり江尻泊まりになる」

仁左は叱責するように言った。

惣平と庄造はそれを守った。ふり返らず、ひたすら歩を前に進めるだけでも、いまの惣平と庄造にとっては、気が張りつめる、勇気のいることだった。

五人組が襲って来そうな、人目の絶える箇所はなかった。予想どおり江尻の宿場に入ったのは、日の入りのすこしまえだった。日暮れてなお街道を踏むのは危険である。仁左と惣平、庄造の三人は、江尻の旅籠に、出女に腕をつかまえられるままわらじを脱いだ。

このとき東の空では、染谷と玄八、お仙と宇平、それにお栄の五人が沼津の宿場に入り、あしたは江尻泊まりと話しているときだった。

二階の、通りに面した部屋をとった。障子《しょうじ》窓を開けると、向かいの旅籠で二階の部屋の障子窓も開いた。部屋に武士の姿が見え、仁左たちと目が合うと慌てたように閉めた。

仁左が視線を部屋に戻し、

「ふふふ、見てみろ。やっこさんたち、お向かいに陣取ったぞ」

「わ、わたしも見ました」

惣平が上ずった声で返し、

「五人、五人そろってですか！」

庄造の声は恐怖に満ちていた。

「ん？　そういえば二、三人しか見えなかったぞ」

「な、ならば！」

返した庄造は、顔面蒼白《そうはく》になっていた。

向かいの旅籠に陣取ったのは三人で、あとの二人は仁左たちとおなじ旅籠にわらじを脱ぎ、それも一階の玄関口に近い部屋に入ったことがすぐにわかった。二階から往還越しに見張られ、出口を塞《ふさ》がれたのだ。

「落ち着け、二人とも」

「へえ」

夕の膳が部屋に運ばれ、仁左が言って惣平と庄造は座についた。仁左はすっかり差配の口調になり、惣平と庄造はそれに従っている。そうでなければこの局面に対応できないだろう。だが、乗り切れるかどうかはわからない。

言った。

「やつらは人目につくようなことはしねえはずだ。だからこの旅籠の中で騒ぎは起きねえ。安心しねえ。まさかお向かいの部屋から、鉄砲や弓矢など撃ち込んで来めえよ、ははは」

仁左は笑い声をつくったが、惣平と庄造の顔から緊張の色は消えない。

箸を動かしながら、さらに仁左は言った。

「やつら、この近くで来るとすれば、考えられるのは一箇所しかねえ。それも、風の強い日に重なった場合だ」

「あ、わかりました。さった峠！」

「さすが惣平どん、そのとおりだ」

惣平が言ったのへ仁左は返した。

由井と奥津のあいだにある、海に突き出た岩場に張りつき、急な起伏《きふく》とともに小刻《こきざ》みな九十九折《つづらおり》になった、わずか五十間（およそ九十米）ばかりの、足元に打ち寄せる波音を聞きながら通る海辺の峠道である。

いにしえの漁師が海中から地蔵薩埵《じぞうさつた》を引き上げ、岩場の山上に祀《まつ》ったという言い伝えからついた呼び名だという。東海道の道中絵図や地元の絵図は、漢字で書くのが面倒なのか平仮名で〝さった峠〟と記《しる》している。そのまえは富士山が絶景だったことから、富士見山とも富士見峠ともいったそうな。その絶景の地が街道の難所とは、なんとも皮肉なことである。

仁左と惣平はもう幾度もそこを通っている。足元の、すぐ下を見つめながらだった。由井のもみじ屋に泊まり、奥津にまで探索の足を延ばしたときである。足元のすぐ下に波が絶え間なく打ち寄せている。さいわい天候に恵まれ、水しぶきを受ける程度だったが、

「風がすこしでも吹きゃあ、さった峠は親不知子不知《おやしらずこしらず》になるじゃで」

土地《ところ》の者は言っていた。

足場が波に洗われ、渡る者は親子であっても助け合うことができず、自分の身を守るのが精一杯という難所になる。だから仁左は〝風の強い日は〟と言ったの

だ。そのとき、川止めのように旅の者は由井か奥津の宿場で風の凪《な》ぐのを待つ。そこを押して通れば、それこそ人通りはなくなり、武士五人組の襲撃を誘うことになるだろう。

　そうでなくても、五十間ばかりのこの岩場の峠道は、数歩先の人の背も見えなくなる所が随所にある。それに起伏が激しいとなれば、一人くらい足をすべらせ波間に落ち、忽然《こつぜん》と消えても誰も気づかないだろう。悲鳴も水音も、激しく打ち寄せる波音にはかなわない。

「あした、あしたそこを通るのですか」

　庄造が怯えた声で言った。

　五人が背後から追い、さった峠で襲って来たのなら、仁左にはかえって防ぎやすい。一人ずつ相手にすればよいからだ。だが、挟み撃ちにされたなら、

（危ない）

　仁左は喰い入るような二人の視線を受け、おもむろに言った。

「向こうさんの出方を見よう。午過《ひるす》ぎまでこの旅籠にとどまるぞ。もし向こうが五人とも江尻《えじ》に居つづけたなら、俺たちゃあ発つ。二人か三人が先行し、さった峠で挟み撃ちにする気なら、もうひと晩泊まってやつらを焦らし、そのなかに峠

越えの隙《すき》を見いだそうかい」

先行した者がいたなら、待てど暮らせど来ないことを不思議に思い、戻ってくるかもしれない。江尻からさった峠まで奥津を経てすぐであり、距離にすれば一里半（およそ六粁）である。陽がかたむいてから発っても明るいうちにそこを越えられるだろう。そうなればあしたの泊まりは、庄造には酷だがまた由井になろうか。

策が決まれば、庄造も惣平もいくらか落ち着きを取り戻した。

風呂も膳も終わり、くつろいだときだった。くつろぐといっても向かいと下の階には、庄造の命を狙う刺客《しかく》がいるのだ。そのせいもあったのだろう。惣平が言った。

「江戸まで庄造を、生きたまま連れて帰らなきゃならないからなあ」

当面の危機に、庄造をいくらかでも安心させてやろうとの心づもりだったのだ。だがそれは、庄造には困惑と恐怖を、倍加させるものでしかなかった。なにしろ庄造は、火付けの大罪人であり、大浜屋への裏切りでもあり、殺しの加担者でもあるのだ。

このまま生きて江戸へ入れば、なにが待っている。想像しただけで身の毛がよだつ。だからといって来た道を引き返せば、掛川藩士の白刃が待ち構えている。庄造にとってはまさしく、行くも退くも地獄なのだ。

その夜、庄造は眠れなかった。顔の色つやを見ればわかる。仁左も道中差を抱いて寝た。すこしの物音にも目が覚めた。惣平も道中差こそ道中笠と一緒に枕元に置いていたが、熟睡はしていなかった。

はたして敵方の動きは、仁左の見立てどおりだった。

女中に訊いた。

「あんれ、お客さまがた。あのお侍さんとお知り合いかね。お二人ともおまえさま方がまだいなさるかどうか訊きなさって、さっき発たれましたよ」

向かいの二階の部屋には、まだ人のいる気配がしていた。

九里さきの沼津の旅籠では、染谷とお仙たち五人が江尻を目指して発ったところだった。

玄八が皺枯《しわが》れた声で言った。

「由井を過ぎればさった峠とか。風が吹いていなきゃいいのでやすが」

「むかし江戸へ出るとき、通りました。風はなかったのですが、すぐ足元にまで波しぶきが上がって来て、恐《こお》うございました」

と、お栄が返した。脳裡はすでに掛川城下で、庄造に会える日を秘かに夢見ているのかもしれない。


江尻の宿場である。

仁左たちは障子窓のすき間から、筋向かいの部屋に視線を据《す》えている。向こうもこちらを窺っているようだ。

「やはり、挟み撃ちのつもりでしょうか」

「ふふふ。だから焦らしてやるのよ」

惣平が言ったのへ、仁左は返した。

焦れているのは、自分たちのほうかもしれない。

陽が中天を過ぎた。実際に仁左たちは、先行した二名の侍がまだ戻って来ぬかといらいらしはじめていた。

陽がいくらか西の空にかたむきかけた時分だった。その二人が大股で戻って来た。股立《ももだ》ちを取った袴《はかま》の裾《すそ》は湿っているのか、ひるがえっていない。波しぶきを受けながら待ちぼうけを喰らわされ苛立《いらだ》っているのが、塗笠をかぶったまま怒《いか》ったように暖簾《のれん》を払いのけた仕草からもうかがわれた。

「よし、行くぞ」

三人は旅装束である。いつでも発てる用意をしていたのだ。

「あんれ、お客さまがた。いまからお立ちですか。さった峠には気をつけてくださいよ。風が出て来たようですから」

実際、晴れていた空は曇り、風がいくらか吹きはじめていた。

この動きを、ふたたび五人そろった武士団が気づかないはずはない。

『うーむ。やつら、見破っておったか！』

吐《は》いたはずである。

三人が旅籠を出たすぐあと、向かいの旅籠からは戻って来て休むひまもなかった二人を含め、五人組が塗笠の紐を結びながら往還に出た。

四　仇討《かたきう》ちと復讐《ふくしゅう》

一

箱根の関所を無事に通過できたせいもあろう。沼津に入ったころ、お栄は打ち解け、

「あたし、掛川に待っている人がいるんです」

などと言った。染谷と玄八はむろん、お仙と宇平も、それが庄造であるかもしれないことは念頭に置いている。だが、質《ただ》そうとはしない。いまは疑念を抑えているのだ。

「それは、それは」

お仙が返したのみである。

沼津を発《た》ったのは日の出のすぐあとだったが、午《ひる》近くなると雲が出て太陽を隠し、時を経るとともに風も出て来た。

一行が由井の宿場に入ったころ、ここに泊まろうかと思うほど、空模様は怪《あや》しくなっていた。実際、そうする旅人は多かったようだ。

「行きましょう。予定どおり江尻まで」

言ったのはお栄だった。

由井が壱浜丸の遭難現場であるためか、それとも一日も早く掛川に入りたいためなのか、染谷にもお仙にも判断しかねた。

ともかく一行はお栄の願いを容《い》れ、江尻まで進むことにした。

由井の宿場を抜けたところが、海に突き出たさった峠である。

峠の由井側と江尻に近い奥津側に、それぞれ茶店がある。由井側の茶店は富士山の景観が展望でき、板敷きだが座敷まで備え、幾人かの客が入っていた。富士山の美しさを楽しんでいるというより、峠を越えようかどうかと迷っている風情《ふぜい》だ。染谷らは躊躇《ちゆうちよ》なく茶店の前を過ぎ、峠に向かった。

「越えなさるんなら早いほうがええでなあ。いまなら足元に波しぶきがかかるだけで、越えられんことはにゃあ。越えんなら由井の旅籠がいっぱいにならんうちに、早う引っ返すこっちゃね。小さな宿場じゃで」

茶店の婆さんの言っているのが聞こえた。

足場が波しぶきに洗われても、全身に大波をかぶるほどではないようだ。

「急ぎやしょう」

染谷が言った。茶店を過ぎればすぐ、さった峠である。

「さあ。足元に気をつけ、あっしについて来なせえ」

染谷を先頭に、お仙とお栄と本物の年寄りの宇平をはさむように、最後尾に老けづくりの玄八がつづいた。

「おぅう、足がもうびしょびしょだ。気をつけなせえ」

波音を聞きながら染谷がふり返ればお仙が、

「あれあれ、お栄さん。気をつけて」

背後のお栄を気遣《きづか》う。

「あたしよりも宇平さん。足をすべらせぬように」

お栄は宇平に声をかける。

最後尾の玄八が、

「こりゃあ茶店の婆さんが言ったとおりだ。この程度なら、まだ渡れまさあ」

一行を励ますように言う。

それぞれが岩壁《いわかべ》へ張りつくように一歩一歩と進む。幾度か岩壁を曲がったが、向かいから来る者とすれ違うことはなかった。すでに奥津のほうから来る者はいなくなっているようだ。最後尾の玄八のあとにも、つづく者はいなかった。さきほどの茶店にいた旅人たちは、由井に引き返したようだ。茶店の客は、大きな荷の行商人に、荷馬を引いた馬子《まご》もいた。

「おぉう、岩場に波しぶきの出迎えは、もう終わりのようですぜ」

奥津側の茶店を視界に入れた染谷がふり返った。

「さあ、最後の数歩が一番大事ですじゃ。お栄さんも気をゆるめず」

言ったのは宇平だった。

「ふーっ」

と、足をすっかり濡らした玄八が息をついた。渡りきったのだ。からだ全体が湿っている。

すぐ目の前に、奥津側の茶店の縁台が見える。客はいないようだ。

江尻宿の旅籠を出た仁左、惣平、庄造の三人は、奥津の小さな宿場を過ぎたところだった。あとひと曲がりすれば、小さな茶店とさった峠である。

強い風に雨が重なれば、峠はそれこそ親不知子不知《おやしらずこしらず》となる。空をおおう雲の層は厚くなり、風も徐々に強まっている。

「仁左さん。うしろ、あの五人、尾《つ》いて来ます」

「すぐ先、さった峠です。どうします」

惣平が深刻な表情で言ったのへ、庄造が怯《おび》えた声でつないだ。五人は隠れることなく尾けて来ている。

(斬りかかる機会を待っている)

そういった風情だ。

武士五人にすれば、相手は道中差を帯びているとはいえ、町人三人である。城下の川原では不覚を取ったが、用心してかかれば、

(困難はない)

思っていることだろう。そこが仁左のつけ目である。

あと数歩で岩場を曲がり、小ぶりな茶店とさった峠の岩壁が見える。街道にほかの往来人はいないというのに襲って来ないのは、その茶店のせいであろう。仁左は二人を落ち着かせようと、

「ふふ。やつら、焦《あせ》ってやがるぜ。まだ襲っては来《こ》めえよ」

ふり向かず、前方を見つめたまま言った。

そのような仁左のようすは、確かに惣平に安堵感を与えた。だが、その表情から恐怖の色が消えないのは如何《いかん》ともしがたい。庄造にすれば、五人の武士から護《まも》られても、それは生きて江戸へ引き立てられているのとおなじなのだ。

「あの五人のうち一人、江戸の普請奉行の家来です。掛川城下の川原でわたしを斬ろうとしたときもいました」

これまで隠していたことを打ち明けるように言った。江戸に入っても、そこが安全な場ではないことを言いたかったのかもしれない。仁左にとっては、普請奉行と掛川藩の結びつきが、具体例をもって明白となったのだ。

仁左は返した。

「財津弾之丞の若党か」

「えっ」

これには庄造のほうが驚いたというより、警戒を覚えたようだ。普請奉行と聞くなり財津弾之丞の名が出た。

（この人、ほんとうにただの羅宇屋⁉）

その疑念である。

（まずい）

仁左は思ったが、敵は背後に迫っている。言いつくろう余裕はない。ともかくいまは、財津家の若党を含む五人の武士団から、庄造を護ることに集中しなければならない。

「そこの岩場を曲がれば茶店だ。ちょいとからこうてやろうかい」

縁台でひと休みし、相手の出方を見ようと思ったのだ。

また挟み撃ちを考えるなら、縁台に腰かけ茶を飲んでいる三人の前をさりげなく通りすぎ、岸壁の峠に向かうはずだ。おそらく二人だろう。すかさずその者たちにぴたりとつき、戸惑いながら二人が峠道の濡れた岩場を一歩踏むなり、

（すまねえ、殺生《せっしょう》はしたくねえが）

道中差で抜き打ちをかけて一人を斃《たお》し、一人を波間に蹴落《けお》とす。不意打ちならできないはずはない。

あとの三人は仰天《ぎょうてん》するだろう。その隙《すき》に庄造と惣平をさった峠に入れ、由井側の茶店まで急がせる。自分は峠道の岩場で一人ひとり防ぎながら後退し、茶店に逃げこむ。まさか三人、あるいは二人になっていようか、人目のある茶店に斬

り込んで来る愚は冒《おか》すまい。

「おめえら二人、これから何があろうと、俺の指図どおりに動くのだ。もたつい
て岩場に足をすべらせるんじゃねえぞ」

「へえっ」

「峠の向こう側までですね」

惣平は応じ、庄造も珍しく落ち着きのある言葉を返した。

曲がった。

茶店がある。

雨は降っていないが、風はさきほどよりも強くなっている。

二

「えっ、これは!?」

「うっ、ここで会おうとは!!」

声は仁左と染谷が同時だった。

お栄などは手にしていた湯飲みを落とし、地に音を立てた。茶店の縁台で、染

谷、玄八、それにお仙、お栄、宇平の五人が親不知子不知になりかけている峠を越え、ホッとひと息ついていたところなのだ。ほかに客はいない。

仁左にすれば瞬時、

(客？　多すぎる)

思ったがすぐそれが染谷たちであることに気づいた。

つぎの瞬間だった。

「庄造さーんっ、どうしてっ」

「お栄ちゃんこそっ」

お栄は立ち上がるなり、落とした湯飲みのかけらを踏んで飛び出し、庄造は仁左たちと一緒なのを忘れたか茶店に向かって走った。

二人は風のなかに手を取り合った。どちらもなにからどう話していいかわからないようすで、ただ取り合った手を大きく上に下に振っている。

仁左と染谷も走り出て、他の者もそれにつづいた。

この光景に、茶店の爺さんと婆さんが声もなくただ驚いている。

仁左は言った。

「わけはあとだ。これが庄造だっ。いま江戸へ戻るところで、追われておる」

「わかった。こっちはそれがお栄だ」

わかったと言っても、互いにまだなにもわかっていない。ただ、追っ手がそこまで来ていることと、染谷やお仙たちがお栄をともなってここまで来たということだけである。もう一つ、瞬時に双方共通の役務となったのが、

——庄造とお栄を江戸へ
玄八が言った。

「がってん。ここの峠、越えたばかりで要領はわかってまさあ」

「じゃが、風がさっきよりも」

宇平が心配そうに言う。

お仙が目ざとく、

「えっ、追っ手！」

仁左たちが出て来た岩場の角に視線を投げた。武士が二人、仁左の読みどおり、先行の算段だったのだろう。だがそれはもう過ぎ去った策である。武士の数はすぐ五人になった。戸惑いながら茶店のほうを見ている。

「これは、いったい！」

武士たちの声が聞こえた。なにが起こったのか、理解に窮《きゅう》した風情だ。刀に

手をかけるのさえ忘れている。仁左たちがそれら五人の武士よりも有利な点といえば、なすべき一つをすでに共通の認識にしていることである。

「さあ」

仁左の差配である。目の前で五人の武士たちが戸惑っている隙に、老けづくりの玄八が若い身のこなしで、一同を誘導するように先頭に立ち、さった峠の岩壁の往還《おうかん》に踏込んだ。

「おっと」

打ち寄せる波が足元を激しく洗った。風が明らかに強くなり、波はさきほど渡ったときより大きくなっている。

「さあ、お栄さんも」

お仙がお栄の手を引き岩壁の往還に入った。

それを助けるように庄造と宇平がつづいた。

「わわわわっ」

打ち寄せた波しぶきが宇平の腰のあたりまで濡らした。

しんがりは仁左と染谷である。それぞれ道中差を抜き、

「来るかい」

五人の武士たちをひと睨みし、

「それっ」

岩壁の道に踏み入り、足をとめ二人同時にふり返った。

町人とやくざ者が刀を抜き、身構えたことから、

「やつら、庄造の仲間だぞ」

「ならばあの女が庄造のっ」

ようやく事態に気づいたようだ。すでに人目を気にしている場合ではない。

「逃がさぬぞっ」

一斉に抜刀し、茶店の前を走り、岸壁の峠道に殺到した。

「ええええっ、えぇぇえ！」

「斬り合い⁉　ここで？」

店の中から飛び出て来た茶店の爺さんと婆さんは、へなへなと縁台に座りこんだ。

「足元に気をつけなせえっ」

「は、はい。お栄さんもっ」

「はいっ」

そのうしろには庄造がつづいている。親不知子不知とはよく言った。こうした足の取られやすい箇所では、互いに手をつないでいたのではかえって危険である。それぞれが波しぶきとともに、一歩一歩と小刻みに歩を進める。

しんがりでは、

「きさまらあっ、何者ぞっ」

「逃がさんぞっ」

先行組の武士が二人同時に、岩壁の往還に踏込んで来た。

「来るかっ」

仁左が身構えるのと、大きな波が打ち寄せたのが同時だった。踏込んだ武士は大刀を振り上げたまま均衡《きんこう》を崩した。

つぎの刹那《せつな》、仁左の道中差が武士の胸部を薙《な》いだ。深くはないが、手応《てごた》えはあった。武士は胸部からかすかに血潮を噴き、

「わーっ」

大きく打ち寄せた波に身を持って行かれた。

「おおっ、おぉぉ」

もう一人の〝逃がさんぞっ〟と叫んだ武士が、大刀を片手に下げたまま、足元

の岩場の下をのぞきこんだ。荒波が打ち寄せているばかりで、もう人の姿は見いだせない。

「おぬし、やるのう」

背後から染谷の声が飛ぶ。仁左は返した。

「つぎの曲がったところで交替だ」

「承知！」

染谷と仁左は足元に気をつけながら退こうとした。

そのとき、異変が起こった。

一度窪《くぼ》んだ岩肌を背負った往還がふたたび海にせり出し、荒れはじめた波をまともに受けている。そこに玄八とお仙、お栄と庄造の姿があった。岩壁に張りついている。仁左と染谷のいるところからそれが見える。惣平の姿が見え隠れし、宇平はまだ窪んだ箇所か、見えなかった。

二人の武士につづいた三人の武士たちが、

「おっ、あそこにいるぞっ」

「急げ」

叫んでも仁左と染谷が道をふさいでいる。先行組だった一人は、なおも波間に声を枯らしている。斬られて足をすべらせた仲間の名のようだ。仁左が立てた策のとおりである。

突然、せり出した岩壁の往還で、

「お栄っ、もうだめだ。なにもかも露顕《ばれ》たんだあっ」

庄造がお栄の肩をつかまえ、叫んだ。波音に途切れているが、意味はわかる。

「えぇえ!」

と、驚愕《きょうがく》したお栄の声。

庄造はさらに叫ぶ。

「わしらあっ、江戸に戻りゃあっ、磔刑《はりつけ》か火刑《ひあぶり》じゃあっ」

「えぇえっ。そんならあっ、あたしらあっ、掛川のご城下へっ」

お栄の叫び声だ。足元に荒波が押し寄せる。

「だめだあ、見たろうっ。掛川の侍《さむらい》にい、わし、狙われておるうっ。口封じだあ。騙《だま》されたんだあっ」

「そ、そんなっ」

「もう、もうなにもかも終わりだあっ、許してくれえっ、お栄っ」

庄造はお栄の肩をかき抱《いだ》くなり、打ち寄せる大波にお栄もろとも身を投じた。

お栄は抗《あらが》わなかった。

「あぁぁぁぁ」

声はお仙だった。玄八もおなじだった。手を出すことができない。出せば自分も波にさらわれる。

「迂闊《うかつ》だった」

仁左は解した。

染谷にはわからなかった。わかることはただ、

（庄造たち、もう助かるまい）

背後に刺客《しかく》を背負っていて、助けようもない。

それは五人から四人に減った武士たちも、慥《しか》と目にしたはずである。大刀をだらしなく下げ、愕然《がくぜん》としている。目標を失ったのだ。というより、かたちは異なるが、達成された……。

「どうする」

「あの二人は助かるめえよ」

「おそらく」

「ともかく、由井の宿場だっ」

波の音としぶきのなかに仁左と染谷は交わした。

「おうっ」

と応えたものの、染谷はまだ事態が呑《の》みこめない。仁左に従う以外にない。だが気になる。

「やつらは」

「追って来るまいよ」

「ふむ」

足を進めた。岩壁の往還に、また玄八、お仙、それに惣平と宇平が張りつき、波しぶきを受けながら立ち尽くしている。

仁左は言った。

「あきらめろっ。ともかく俺たちゃあ由井に。惣平、もみじ屋だっ」

「へえ」

惣平はうなずいた。一行のなかでこの事態を解しているのは、仁左と惣平のみであろう。染谷やお仙らは、なぜここに庄造がいたのかわからないのだ。江戸を発つとき、

（庄造は義平らとともに、海の藻屑《もくず》に……）

聞かされていたのだ。

波しぶきのなかに、また仁左が言った。

「話は由井のもみじ屋に入《へえ》ってからだ」

もみじ屋は仁左と惣平が数日わらじを脱《ぬ》いだ旅籠であり、江戸の大浜屋には好意的というより同情的である。

さった峠を抜けた。

風はまだ吹いている。大振りな茶店に客はもういない。おそらく由井に引き返したのだろう。

「あんれ、おまえさまがた。さった峠を越えて来なさったかね」

「ああ、ひでえめに遭《あ》ったぜ」

茶店の爺さんが言ったのへ、仁左は濡れた衣裳《いしょう》をこれ見よがしに示した。

婆さんも言った。

「そちらのお人ら、さっき峠へ向かったお人らじゃねえかね」

「ああ。途中まで行って、このざまさ。岩壁の波間でこの人らと出会い、引き返して来たってわけさ」

三度笠をなくした染谷が、びしょ濡れになった縞の合羽を開いて見せた。

「それはよござんした。あんたらがさっきさった峠に向かわれたのを、気にしておりましたのじゃ」

人数が一人減っているのに気づかず爺さんが言ったのへ、道中差を帯びたお店《たな》者《もの》風の仁左が気を利かせ、

「波に飲まれたお人もいるか知れねえ。風が凪《な》いで浜に土左衛門《どざえもん》が上がったりすりゃあ、ご足労だが町場のもみじ屋に知らせてくだせえ」

爺さんの手に、四文銭《しもんせん》を幾枚か握らせた。数人分のお茶代になる額だ。

三

もみじ屋では夕刻に仁左と惣平がふたたび現われ、しかも老体や女人《にょにん》、股旅《またたび》風まで一緒だったことに驚き、お仙にはわざわざひと部屋を用意した。

さっそく大部屋でお仙も加わり、夕の膳が用意された。仁左に染谷、玄八、惣平にお仙、宇平の六人である。庄造とお栄が欠けている。一同が黙々と箸《はし》を動かしたのは、二人への供養《くよう》でもあった。

ただひとこと、仁左が言った。

「追っ手の武士たち、われらの正体を知ろうと物見《ものみ》を由井に入れても、打込んでは来るめえ」

一同は庄造が〝掛川の侍に狙われている……騙された〟と、叫んだのを慥《しか》と聞いた。それの意味するところに、およその見当はつけている。膳を終えてから、染谷が言った。

「さあ、仁左どん。聞かせてもらおうかい。なんでおめえさんらが庄造をともない、しかも侍の追っ手まで引き連れ、さった峠に現われたんでえ」

お仙と宇平、玄八も、仁左に視線を据え、喰い入るように見つめた。

「俺にも、惣平どんにも、驚きだった」

仁左は前置きし、これまでの経緯《いきさつ》と、庄造が小夜ノ中山の向こう側、日坂の旅籠で打ち明けた内容などを詳しく語った。

「えぇえ！」

「なんと！」

と、壱浜丸に火を付けたのが庄造だったことに、驚かぬ者はいない。しかもその動機に、庄造とお栄よりも、掛川藩と普請奉行の財津弾之丞への怒りを滾《たぎ》らせた。むろん、染谷らは庄造が生きてこの場にいたなら、憐《あわ》れに思いながらも殴《なぐ》りつけていたかもしれない。水手《かこ》として由井の沖合に消えた義平のおふくろさんが、嘆《なげ》き悲しみ、泣きわめいていた姿を、おクマとおトラから聞いているのだ。

話題というより詮議は、

——お栄はどこまで知っていたのかに移った。推測する以外にない。庄造が〝わしらあっ〟と叫んだとき、お栄は〝そんならあっ〟と返した。それに庄造が荒波を眼前にお栄をかき抱いたとき、お栄は抗《あらが》わなかった。お栄もかなりを知り、一蓮托生《いちれんたくしよう》だったことを示している。

「それ以上の詮議は、必要ないのではありますまいか。沖合に消えた人々には申しわけありませぬが」

お仙が言ったのへ、仁左と染谷はうなずいた。柳営《りゆうえい》の隠れ徒目付と北町奉行所の隠密廻り同心が肯是《こうぜ》のうなずきを示したのだ。この件が、江戸でふたたび詮議されることはないだろう。

「で、染谷どん。なんで西海屋のお栄をともなってここまで？　お仙さんと宇平どんまで一緒とは？」

と、仁左の訊く番だった。

「お沙世さんが寄子宿の長屋に走って来て、ほんとうにびっくりしました」

お仙が宇平と一緒にお栄を尾けたときのようすを話し、さらに染谷が忠吾郎の要請でお仙と宇平、それにお栄の道中手形を用意し、箱根の関所の手前でお仙たちと合流し、お栄をともなって掛川まで行くことになった経緯を語った。

外はもうすっかり暗くなっている。


一方、武士たちは四人となり、仁左の予測どおり前に進むことなく、背後の小ぶりな茶店まで戻り、庄造たちが助からないことを話し合い、ひとまず奥津の宿場に引き揚げていた。武士たちは、

「――それにしても、不意に現われたあやつら、いったい何者か」

「――それも確かめ、庄造たちの死体が浜に上がらぬか確認せねばなるまい」

話し合い、あした誰かを由井へ物見に出し、あとは奥津を拠点に浜へ庄造とお栄、さらに仲間一人の死体が上がらぬか見定めるため、

「――暫時《ざんじ》、ここに留《とど》まろう」

との結論に達していた。

由井では、これまでの経緯を、仁左と染谷たちが互いに解しあったあと、壱浜丸の面々の死を悼《いた》んでいる暇《いとま》はなかった。

（この事態、早《はよ》う江戸へ）

一同の思いである。そのなかに、

（このお人ら、いったい何者？）

仁左や染谷、お仙たちに対する惣平の素朴な疑念は、いずこかへ追いやられていた。仁左はむろん、染谷も玄八もお仙と宇平も、体を張って大浜屋の味方をしてくれているのだ。いまも真剣に、江戸へどう知らせるかを算段している。

仁左は目付の青山欽之庄に、染谷は北町奉行の榊原忠之に、お仙は相州屋忠吾郎に、さらに惣平はあるじの大浜屋浜十郎に知らさねばならない。

とくに大浜屋にとっては、千両箱の中味が石コロで船火事も仕組まれたものとあっては、向後《こうご》の掛川藩との交渉はまったく異なってくる。火を付けたのは大浜屋の者といった弱みはあるが、償《つぐな》い金を出すどころか、逆に掛川藩へ千石船《せんごくぶね》一艘《そう》分の見舞い金支払いを突きつけることになるだろう。いま大浜屋浜十郎は掛川藩相手に、圧倒的に不利な苦しい交渉をつづけているのだ。

（一刻も早く旦那さまに）

一同のなかで、惣平が最も焦《あせ》りを感じていることだろう。

話はまとまった。

あすの朝早く、仁左と染谷、お仙、惣平の四人が江戸へ発ち、老けづくりの玄八と本物の老体の宇平があと二、三日もみじ屋に残り、庄造とお栄の死体が浜に打ち上げられれば、お寺に葬《ほうむ》り遺髪《いはつ》なりとも江戸へ持ち帰ることになった。玄八が残るのは、掛川藩の武士たちと遭遇したときに備えてである。

惣平も残りたかった。庄造は掛川藩と普請奉行の財津弾之丞に誑《たぶら》かされて大罪を犯したとはいえ、国者《くにもの》同士で大浜屋の朋輩《ほうばい》だったのだ。しかも罪を悔《く》い、目の前で入水《じゆすい》したのだ。お栄にも憐れさを感じてくる。無縁仏になってもそっと一緒に葬ってやりたい。このときほど惣平は、体が二つあればと思ったことはないだろう。悩んだあげく、

(旦那さまに一日でも早く)

そのほうを選んだのだった。

翌朝、まだ日の出まえだった。

玄関の外まで見送った玄八に染谷はそっと、

「くれぐれも、おめえのほうからちょっかいを出すんじゃねえぞ」

念を押していた。

もみじ屋の女中や番頭も、外まで出て見送った。惣平は言ったものだった。

「大浜屋に縁《ゆかり》の者でしてね、このご老体お二人に、せめて壱浜丸の遺留品が浜に打ち上げられないか、あと数日、確かめてもらおうと思いまして」

「それはまた律儀なことで」

と、宿《やど》の者は得心した。

きのう夕刻に、さった峠で三人の〝遭難〟があったことは、どちらの茶店にも気づかれておらず、町場の者は誰も知らないのだ。


四人は急いだ。お仙はときおり駕籠《かご》に乗った。

惣平は道中で幾度も、仁左と染谷に、

『おまえさま方、ほんとうは何をなさっておいでの方々で……』

訊こうとしたが、訊くのが恐ろしかった。お仙も含め、まさしく命がけで、掛川藩の武士を防いでくれたのだ。尋常《じんじょう》ではない。もし訊けば、

(合力《ごうりき》が霧消《むしょう》してしまいそうな)

そんな恐怖感があったのだ。

四人が品川を過ぎ、高輪の大木戸を入り、江戸に戻った実感に身を包まれたのは、由井を発ってより四日目の午前《ひるまえ》だった。

札ノ辻の地を踏むなり、

「あらあ！」

と、前掛にたすき掛けのお沙世が往還に飛び出し、人数が合わないことに、

「えっ、まさか⁉」

顔色を変えた。

「早とちりするねえ。ま、それに近《ち》えこともあったが」

仁左が言い、四人そろって裏庭への路地に入り、お沙世も、

「お爺ちゃん、お婆ちゃん。またちょいとお願い」

と、一緒について入った。

忠吾郎も急いで裏庭に面した縁側に出て来た。

惣平が裏庭に立ったまま、居間に上がろうとせず、そわそわしている。

忠吾郎が気を利かせ、奉公人に町駕籠を呼ばせた。

「旦那さま、ありがとうございます」

言うなり惣平は駕籠へ飛び込むように乗り、

「浜松町までっ」

駕籠が路地を出ると、忠吾郎は縁側に腰だけ下ろした仁左と染谷に、

「おめえたちも行きてえ所があるんじゃねえのかい。染谷どんは呉服橋だろう。そこの大旦那、さぞ首を長《なご》うして待っていようよ。仁左もそうだろう。話はお仙さんからゆっくり聞こうかい。さっきから玄八と宇平のいねえのが気になっているのよ」

「は、はい」

お仙は返し、縁側から旅装束《たびしょうぞく》のまま居間に上がり、お沙世もつづいた。

染谷は、

「お気遣い、ありがとうございやす。お仙さんはなにもかも知っておいでござんすから。いえ、駕籠はいりやせん。てめえの足のほうが速《はよ》うございまさあ」

と、縞の合羽をひるがえし、街道に出た。

仁左も同様だった。お店者の旅装束のまま、

「得意先にお城のお方らと昵懇《じっこん》のお人がいやして。そこへちょいと」

「おう、そうかい。行って来ねえ」

　忠吾郎は路地を出る染谷と仁左を快《こころよ》く送り出した。染谷は呉服橋の北町奉行所に戻り、奉行の榊原忠之に報告しなければならないのだが、仁左の行き先も、忠吾郎は心得ている。〝得意先にお城のお方らと昵懇のお人が……〟というのは、仁左が江戸城本丸の目付部屋へ行くときの常套句《じょうとうく》である。

　居間には忠吾郎とお仙、お沙世の三人が残った。

「さあ、お仙さん。ともかく手甲《てっこう》と脚絆《きゃはん》をはずしねえ」

　忠吾郎は待っていたように言い、お沙世がそれを手伝った。


　道中で惣平が駕籠に乗るのはこれが初めてである。しかも江戸府内に入ってから……急がせた。浜松町二丁目の大浜屋の店先に着くなり、垂《たれ》からころがり出て、

「旦那さまあ」

　店場に飛び込んだ。店の者はその異常さに驚き、あるじの浜十郎も急いで奥の部屋に通した。惣平は手甲脚絆を着けたまま、

「掛川藩に償い金の約定《やくじょう》など、しておいでじゃないでしょうねえ」

喰ってかかるように言い、

「さきに帰った市助が、船火事だったとお伝えしたと思いますが、付け火でございました。しかも掛川藩が仕組んだ……。千両箱の中味、はい、はい、石コロで、壱浜丸は石コロを詰《つ》めた千両箱を運んでいたのでございますっ」

「なに？　どういうことだ」

惣平が舌をもつらせながら語ったのへ、浜十郎は問い返し、同座した番頭の七兵衛は驚愕の態《てい》となった。

「順を追って、順を追って話すのです。さあ」

浜十郎はひと膝《ひざ》まえにすり出て、七兵衛もあまりのことに、

「石だって？　石コロだったたって⁉」

身を乗り出した。その策謀によって七兵衛は、逆に難を逃れたのだ。

あるじと番頭の射るような視線のなかに惣平は、

「庄造は騙《だま》されて壱浜丸に火をつけ、挙げ句に掛川藩と財津家の侍に命を狙われ、お栄さんはなにも知らないまま、わたしたちの目の前で海へ……」

「なんと！」

「ええっ」

浜十郎と七兵衛のうめき声は同時だった。

惣平は大浜屋に戻ったせいか、仁左や染谷、お仙たちの前では決して見せなかった、感情を昂《たか》ぶらせた態《てい》になっていた。途切れ途切れに、また話を幾度も前後させながら、仁左が鎌倉まで出向いた話も交え、すべてを洩《も》らすことなく語り終えたのは、日の入り間近になった時分だった。

七兵衛にうながされ、ようやく旅装を解いた惣平は、悔《くや》しさを全身に帯びたままだった。同時にそれは、

「許せませぬ」

ぽつりと言ったように、掛川藩と普請奉行への憎悪でもあった。

このあとすぐ、浜十郎は浜松町三丁目の西海屋の隼次郎に遣いを立てた。

――火急《かきゅう》に会いたき儀之有《これあり》

掛川藩と財津家の策謀、それにお栄の入水《じゅすい》も、今宵《こよい》のうちに西海屋に伝わるだろう。

おなじ日の入りまえ、北町奉行の榊原忠之と目付の青山欽之庄にも、全貌《ぜんぼう》は伝わった。

着ながしに黒羽織の同心姿に戻った染谷は、北町奉行所の奥の部屋で一部始終を語った。

忠之は言った。

「やはりのう。思った以上の癒着《ゆちゃく》じゃ。壱浜丸の者たちはむろん、大浜屋の庄造も西海屋のお栄も、掛川藩と普請奉行が殺したようなものじゃのう」

「御意」

「したが、相手が大名家と旗本では、町奉行所じゃ手も足も出ぬ」

「はっ」

「相州屋はなんと言うておった」

「まだなにも……」

「ふむ、やつのことじゃ。仁左とお仙も係《かか》り合《お》うたとなれば、なんらかの後始末はつけようて。そのときは助《す》けてやれ」

「ははーっ」

染谷は慥と拝命した。

おなじ時刻、髷《まげ》を結いなおし、羽織袴《はかま》に大小を帯び、大東仁左衛門に戻った仁左は、江戸城本丸の目付部屋で、青山欽之庄と対座していた。由井の浜と鎌倉の由比ケ浜を間違ったくだりには双方苦笑したものの、得るものはあったのだ。あとは語るほうも聞くほうも真剣な表情だった。青山は幾度も相槌《あいづち》を打ち、そのたびに表情が険《けわ》しくなった。

聞き終え、大きく息を継ぎ、

「普請奉行の財津弾之丞と謀《はか》って千石船を焼き沈め、石コロを三万両と偽《いつわ》り、内定していた石垣普請を免《まぬが》れようとしたるか。しかも船の者どもを皆殺しとは言語道断。天は許すまじよ」

「御意」

「したが、おもてにすれば大名家を差配する大目付はむろん、勘定奉行さまも老中のかたがたも、それこそ蜂《はち》の巣をつついたように江戸城は大荒れになろうて。幕府の箍《たが》が弛《ゆる》んでいることを、世に知らしめることにもなろうかのう」

ふたたび大きく息をつき、

「掛川藩太田家五万三千石がお取り潰《つぶ》しになれば、禄《ろく》を失った者が多数徘徊《はいかい》し、世は乱れようか。将軍家にとっても、避けねばならぬところだ」

「なれど青山さま、知らぬふりはできませぬぞ。それでは壱浜丸の者たちが、浮かばれませぬ」

隠れ徒目付が差配の目付に意見を述べるなど、これまでなかったことである。

仁左こと大東仁左衛門はつづけた。

「それがし、すでに掛川藩士を一人斬っております」

「やむを得ぬ。庄造とお栄なる者、掛川藩と財津家が殺したも同然じゃでのう」

青山欽之庄も、榊原忠之とおなじようなことを言った。


町衆の姿に戻った仁左が札ノ辻に帰ったのは、陽も落ち暗くなりはじめてからだった。

おクマとおトラが、長屋の部屋でくつろいでいた。二人とも仁左とお仙、宇平がどこへ行っていたかを聞かされていない。夕刻近くに帰ればお仙が部屋に戻っており、日暮れてから仁左が帰って来たものだから、一緒にいずれかへ行っていたとも気づかなかったようだ。

仁左のほうから声をかけた。

「ちょいと野暮《やぼ》用でなあ。で、浜松町には行っていたかい」

「ああ、行っていたさ、きょうも」

「金杉通りにもね」

金杉通り二丁目であろう。そこの長屋に壱浜丸の水手《かこ》だった義平の母親が住んでいるのだ。

仁左は訊いた。

「で、どんなようすだったい。おカツさんとかいったなあ」

「どんなようすもこんなようすもあるかい。かわいそうに、長屋に一人こもったままさ。ずっと念仏を唱《とな》えているよ」

「息子がまだどこかで、生きていると信じているのさ。あたしらも信じたいよ」

おクマとおトラが交互に言ったのへ仁左は、

「そうかい」

それ以上なにも言うことができなかった。船頭《ふながしら》や船親父《ふなおやじ》に舵取《かんどり》たちにも、女房や子がいるのだ。

四

玄八と宇平が帰って来た。仁左たちが戻ってから三日目だった。

壱浜丸のときと違い、あの日のあの時分、満潮であったため翌朝、由井の浜にかなり損傷した男女の水死体が打ち上げられたという。

「由井のお寺に無縁仏として永代《えいたい》供養の布施《ふせ》をしておきました」

宇平は言う。

「──相対死《あいたいじに》か、どこのお人じゃ」

と、由井ではずいぶんうわさになったらしい。

二人の遺髪は持ち帰られ、大浜屋と西海屋に届けられた。

天の采配《さいはい》か、武士の死体はさった峠の向こう側、奥津の浜に上がったらしい。


その日の夕刻だった。

遊び人姿の染谷が相州屋に来て言った。

「あしたには、旅から帰《けえ》ったばかりの玄八も来まさあ」

この三日間に、江戸のあちこちでかなりの動きがあったようだ。

裏庭に面した居間に、忠吾郎はむろん、仁左とお仙、おなじく旅から帰ったばかりの宇平も加わり、さらにお沙世までが顔を見せていた。

染谷は言う。

「呉服橋にも報《しら》せがありやして、常盤橋御門内の掛川藩の藩邸で、お城の石垣普請に関してなにやら不手際があったとかで、志村貴智《たかとも》とかいう藩のえれえお人とその側近の二人が、切腹して果てたそうでございやす。そのほかにも、掛川藩の国おもてじゃ、幾人かの腹切があったそうで」

「ほう。あの藩じゃ、それでお茶を濁《にご》したってわけかい。禄を失った浪人が巷《ちまた》にあふれることにならなくてよかったじゃねえか」

仁左が得心したように言い、問いを入れた。

「で、片割《かたわ》れの旗本、財津弾之丞よ。そのお屋敷は内神田のお玉ケ池だと思ったが、どうなったい。閉門になっちゃいねえのかい」

「そのことよ、大旦那が言ってたぜ。あるじの財津弾之丞にゃ、閉門どころか一両日中に、切腹の沙汰《さた》が下ろう、と」

「待って下さい」

声を入れたのはお仙だった。

「お上《かみ》から賜《たまわ》った死では、壱浜丸のお人らとお栄さんが浮かばれませぬ」

「いかにも」

忠吾郎がうなずきを入れた。

染谷の口がふたたび動いた。

「だからでさあ。呉服橋の大旦那はあっしに言いやしたぜ。しばらく相州屋の寄子でいていいと。それであした、玄八もここへ来ることになってるんでさあ」

「こりゃあおもしれえ。寄子が二人増えることになりやすぜ、旦那」

仁左が言い、忠吾郎に視線を向けた。

「そのようだなあ」

忠吾郎は返した。

その日であった。母屋の居間での膝詰が終わり、お沙世が向かいの茶店に戻り、仁左やお仙らも寄子宿のそれぞれの部屋に引き揚げたすぐあとだった。染谷も一番手前の仁左のとなりの部屋に入っていた。

仁左の部屋に来客があった。股引《ももひき》に腰切半纏《こしきりばんてん》を三尺帯で決めた職人姿の男だった。向かいの茶店の縁台でひと息入れ、お沙世に仁左がいま路地奥の長屋にいることを確かめたうえで訪ねて来たようだ。

「へえ、ちょいと近くを通りがかったもんで」

「ほう、そうかい」

と、互いに面識はあるようだ。

職人扮《ごしら》えの男は、狭い三和土《たたき》に立った仁左に低声《こごえ》で言った。

「旗本の財津弾之丞に、あすかあさってにも自裁《じさい》の沙汰が下りるぞ。青山さまがおっしゃっておいでですさあ。おめえさん、自儘《じまま》にせい、と」

「まことか？」

仁左は問い返した。職人扮えの男は、

「まことでさあ。俺にゃなんの意味かわからねえが。それじゃ、伝えたぜ」

言うなりきびすを返し、路地を出た。

外は暗くなりかけている。

「なんともきょうは忙《せわ》しねえことよ」

と、また忠吾郎を中心に、さきほどの顔触れが母屋の居間にそろった。

お沙世までが、

「さっき仁左さんにみょうなお客さんがあったので、気になって来ました」

と、顔を見せた。

仁左は言ったものである。

「いやあ、大《てえ》したことじゃねえ。俺のお得意の、お城のえれえお武家に出入りのある大工《でえく》さ。お屋敷でちょいと小耳にはさんだことを、わざわざ伝えに来てくれただけよ」

この返答は、忠吾郎と染谷に対するものでもあった。

職人扮えの男が語った内容を仁左が披露すると、忠吾郎と染谷はちらと顔を見合わせ、うなずきを交わした。

双方の目は言っていた。

(さすがお目付よ。奉行所じゃ〝切腹の沙汰が下ろう〟との推測だったが、〝自裁の沙汰が下りるぞ〟と、断定して来たじゃねえか)

(そのようで)

お仙は一同の顔を見まわしながら、

「猶予《ゆうよ》はもうないということですね」

その視線はお沙世にも向けられ、

「そう、そうですよ」

お沙世も真剣な表情で応えた。

忠吾郎が締めくくるように言った。

「決まったようだな。これは復讐《ふくしゅう》などではない。歴とした仇討《かたきう》ちだぜ」

座に緊張が走った。

宇平もこの場に来ている。由井では玄八と最後まで残り、海岸を探索しながら町のうわさも集め、庄造とお栄を無縁仏として葬るなど、大いに係り合っているのだ。

座は軍議の場となった。半紙を四枚ほど合わせた紙が用意され、一同はそれを囲んだ。

仁左が三日つづけて財津屋敷の裏庭に入っている。羅宇屋の仕事を装い、探りを入れたときである。奉公人たちとも親しく言葉を交わしている。

最初に入ったときから、屋敷への人の出入りに探りを入れるとともに、建物の部屋の配置にも気を配っていた。裏手がわかれば、おのずと表のほうの構えも予測がつく。そのあたり、隠れ徒目付としての仁左にぬかりはない。

筆を取り、

「あっしは大工じゃねえからよくわからねえが、まあ、こんな具合でやした」

と、屋敷の絵図を描いた。

忠吾郎も染谷もお仙、宇平も、武家屋敷の構造は心得ている。仁左の筆の動きに従い、それぞれが口を入れ、およその財津邸の絵図が仕上がった。出来栄えはかなり詳しいもので、弾之丞の寝所もほぼ見当がつけられた。

宇平がそれを半紙一枚一枚に描き写しはじめた。

「人数分、できました」

と、畳の上に並べられた絵図を数えれば……七枚。

頭数は忠吾郎に仁左、染谷にあした来る玄八、お仙に宇平と、さらにお沙世を加えれば七人になる。

「えっ、あたしの分も！」

歓喜の声だった。お仙が旅装束で箱根を越え、さった峠まで出向いているあいだ、ずっと茶店に残っていたのだ。係り合ったことといえば、お仙と宇平がお栄を尾けて旅立ったとき、忠吾郎へ早く知らせようと浜久に走ったことくらいである。あとは悶々《もんもん》としていた。そこへ討入り《うちい》道具の一つとして欠かせない、財津屋敷の絵図が自分の分まで用意されたのだ。奮い立たないはずがない。

「そういうことだ。こたびの策には、おまえも欠かせねえ一人だからなあ」

「は、はい」

忠吾郎が言ったのへ、お沙世は大きくうなずいた。

あしたかあさって、柳営から財津屋敷へ自裁の沙汰状を携《たずさ》えた使者がお玉ケ池の財津屋敷に出向く。使者は青山欽之庄であろう。使者の出向く通知は、すでに財津屋敷に入っていよう。逃亡でもしない限り、弾之状が屋敷を不在にするはずがない。目付でも、すでに見張りの者を配置しているはずだ。さきほど仁左を訪ねて来た職人風の男も、その一人かもしれない。

外はすっかり暗くなり、部屋には行灯《あんどん》が灯《とも》されている。

忠吾郎は仁左に言った。

「仁左よ、知り人にお城のええ役職にあるお武家がいるとかいう、おめえのお得意さんさ。あしたの朝にも訪ねて、財津屋敷に沙汰が下りるのはいつか聞き出せねえかい。もしそれがあしたなら、あさってに延ばせねえかと相談できねえか。あしたの夜に俺たちが打込んだとき、すでに弾之状の首が胴を離れていたんじゃや、話にならねえからなあ」

行灯の灯《あか》りのなかに、一同は固唾《かたず》を呑《の》み仁左の返答を待った。切腹は沙汰状を携えた使者が、その屋敷の門をくぐると同時に準備がなされ、その日のうちにおこなわれるのだ。

仁左は思案顔になった。

しばしの沈黙のなかに、忠吾郎はまた言った。

「お上の沙汰はどうせ、日ごろの行状《ぎようじよう》慮外《りよがい》なるを以《もつ》て、などと曖昧《あいまい》なものであろうよ。それで自裁じゃ、庄造とお栄だけじゃねえ、壱浜丸に乗っていたお人らも浮かばれめえよ。自裁はさせねえ」

「そう、そうですよ。ですからわたくしたちが仇討ちを！」

お仙が言った。

仁左の口が動いた。

「ようがす。あしたの朝、できるだけ早くにでやすね。さった峠で、庄造がお栄をかき抱《いだ》いて荒波に飛び込んだ光景、いまも瞼《まぶた》に残っていまさあ」

お仙や宇平らはうなずいた。岩壁に張りつき足を濡らし、なすすべもなくその光景を見ていたのだ。

五

「あら、早いですねえ」

「へい、きょうもよろしゅうに」

すでに縁台を往還《おうかん》に出していたお沙世に声をかけられ、老けづくりの玄八が屋台の担《かつ》ぎ棒を肩に寄子宿への路地を入ると、入れ替わるように仁左が背の道具箱に羅宇竹の音を響かせながら出て来た。

「いい仕事がありますように」

お沙世が見送った。もちろん〝いい仕事〟とは、自裁の沙汰が出る日時のことである。

「やってみらあよ」

仁左は、街道に数歩駈け出たお沙世にふり返って言った。

寄子宿の長屋では、おクマとおトラが、

「あれあれ、きょうはなんですねえ。早くに玄八さんが来たかと思うと、仁左さんがさっさと出て行って」

「ほんと忙《せわ》しない。染谷さんはきのうから来ているし。あたしらはきょうも金杉通りまで行き、おカツさんをみて来ようかね。念仏三昧《ざんまい》じゃ体によくないし」

言っていた。実際に二人は、きょうもおカツを見舞いに行くつもりのようだ。

染谷は長屋の部屋で、玄八に昨夜の膝詰の内容を説明し、宇平の写した絵図を示した。

「それでさっき、仁左どんが出かけなすったのですかい」

玄八は返し、今宵にも討入りがあるかもしれないことを覚《さと》った。

といっても、正確には仁左が戻って来るまでわからない。きょう沙汰が出て、一同が相州屋で待っているあいだに、財津屋敷の庭先が切腹の場となっているかもしれないのだ。

　玄八はお沙世の茶店の横にそば屋の屋台を据《す》えた。宇平はそのまた横に古着の竹馬を据え、お仙は茶店を手伝った。久蔵とおウメは、若い手が入ったことをよろこんでいる。孫娘のお沙世がこれからお仙たちと一緒に、武家屋敷へ打込むかもしれないことなど、まったく気づいていない。

　忠吾郎がときおり出て来ては縁台に腰かけ、鉄製の長煙管《ながぎせる》で煙草《たばこ》をくゆらせ、染谷は茶店の裏手で薪割《まきわ》りを始めた。

　ふたたび羅宇竹の音が聞こえたのは、午《ひる》すこし前だった。仁左が出たときとおなじ羅宇屋の姿で戻って来た。ちょうど忠吾郎が縁台に座っていた。

「いい仕事ができやしたもんで、急ぎ戻ってめえりやした」

　言いながら仁左は道具箱を背負ったまま、縁台に腰を下ろした。そのようすから〝お城のえれえ役職にあるお武家〟の返事が、どのようなものだったかおよその見当はついた。

　裏手から染谷が出て来て、お沙世とお仙は盆を小脇に縁台の傍《かたわ》らに立ち、玄八と宇平はそのまま商いをつづけている。

　街道に出した縁台で、物騒な討入りの話をするなど、往来人はむろん久蔵とおウメも気がつかないだろう。

　仁左はお沙世の出した茶で、のどを湿らせ言った。

「お沙汰はあしたになるらしいでさあ。あっしの得意先が知っている、えれえお役職のお武家が、そのお使者になるそうで」

「ほーっ」

　声が上がった。往来からは、羅宇屋がいい仕事の話でもしたように見える。

　大東仁左衛門になった仁左が青山欽之庄に談判し、きょうの予定があしたになったのか、もともとあしただったのか、仁左にもわからない。青山欽之庄は、突然の大東仁左衛門の訪《おとな》いを受け、

「――あしたになろうかのう」

　と、応えたのだ。

「お爺ちゃん、お婆ちゃん、ご免なさい。お昼からまたお願い」

　お沙世が奥に声を入れたのは、一同がまだおもての縁台にそろっているときだ

った。

おウメがおもてに出て来た。

「どうしたね、ここんところ相州屋さん忙しいようで。お仙さんはこのあと、いてくれるかね」

「ご免なさい。わたくしもお沙世さんと一緒に」

「だから婆さん、俺が力仕事の薪割り、しておいてやったじゃねえか」

お仙が町場に合った愛想のいい口調で返し、染谷も遊び人らしい伝法なもの言いでつないだ。なんとそのとき、

「これは皆さん、おそろいで。ちょうどようございました」

と、大浜屋の惣平が、人の行き交う往来から縁台に近寄って来た。惣平は、仁左をはじめ旅の空で自分を護《まも》ってくれた面々がそろっているのに面喰らいながらも、安堵の表情になった。最後まで由井に残って庄造とお栄の遺髪を持ち帰ってくれた二人の〝年寄り〟も、聞いていたとおり、竹馬の古着屋と屋台のそば屋の商いをしている。

「おう、どうしたい」

仁左が道具箱を背に縁台に座ったまま言うと、

「あのう、ここでは。旦那さま、お話が……。仁左さんも、ご一緒に」

と、惣平は真剣な表情になった。

すかさず忠吾郎が、

「わかった。さあ、仁左どんも」

うながし、腰を上げた。

残った面々もきょうの出番にそなえ、腹ごしらえをしなければならない。お沙世が見送るなか、染谷、玄八、お仙、宇平の四人は寄子宿の長屋に引き揚げた。

母屋の裏庭に面した居間である。

惣平は実直なお店者《たなもの》だが、目が異様に血走っている。

端座《たんざ》の姿勢で上体を前にかたむけ、あぐら居の忠吾郎と仁左に言った。

「お願いします！　私も一緒に」

忠吾郎と仁左は、惣平がなにを〝お願いします〟なのかを即座に解した。

惣平は言う。

「掛川藩ではすでに江戸留守居の志村貴智さまをはじめ、幾人かが腹を召されました。旗本の財津家でも近々、あるじの弾之丞に切腹のお沙汰が下りるとか。納得できませぬ、単に〝慮外者ゆえに〟とか、あいまいな理由で！」

「ほう、大浜屋はそこまで伝え聞いておるのか」

と、忠吾郎。

惣平は応えた。

「はい。大浜屋《うち》の旦那から聞きました。西海屋さんの旦那さまも憤慨《ふんがい》しておいでとか。ほんとうの理由は、みんな知っているのです。十組《とくみ》問屋のお人がきのう大浜屋《うち》に見えられ、問屋仲間に入らぬから大名家やお旗本にいいように扱われるのだ。だから十組問屋に入れ、と。浜十郎旦那も隼次郎旦那も、お断りになったそうです。お上と癒着しているのは、問屋仲間のほうではないか、と。胸のすく思いでした。ですが、それだけでは私の胸は晴れませぬ。番頭の七兵衛さんも、私とおなじでございます」

「ふむ」

忠吾郎はうなずいた。大浜屋や西海屋がそこまで柳営の動きを知っているということは、染谷が奉行所に、仁左が目付に伝えた真相が、かなり流布《るふ》されていることを意味する。掛川藩が早々に志村貴智ら数名を切腹させ、柳営が〝慮外者〟として財津弾之丞《こと》にも切腹させようとしているのは、

――真相を糊塗するもの

大浜屋と西海屋はそこに気づいているようだ。

忠吾郎はうなずき、仁左も無言のうなずきを見せ、

「で、惣平どんよ。おめえさん、俺たちになにを望んでいるのだい」

「それです」

惣平は端座のまま、ひと膝まえにすり出た。

「そんな理由で財津弾之丞が腹を切ったのじゃ、壱浜丸のお人ら、それに、それに……」

口ごもり、

「庄造とお栄さんの霊も……浮かばれませぬ」

忠吾郎たちと、まったくおなじ考えである。

「掛川藩には手出しはできませんが、せめて財津弾之丞だけはこの手で……」

惣平は言葉を切り、前面に出した自分の手の平を見つめ、

「そうでなければ、お栄さんがあまりにも憐れでなりませぬ」

「ん？　おめえ、まさかお栄のことを……？」

仁左がぽつりと言ったのへ、惣平はハッとしたようなそぶりを見せ、

「い、いえ。決して、さような……。ともかく、この手で……」

あらためて両の拳《こぶし》を握り締めた。

「ふむ」

仁左はうなずき、追及はしなかった。

忠吾郎もかすかにうなずきを見せ、

「おめえ、なにか勘違《かんちげ》えしていねえか。いかような仇《かたき》であっても町人が討ちゃあ、人殺しでお奉行所に挙げられるんだぜ」

「そうだぜ、惣平どん」

仁左も突き放すように言った。

惣平はなおも膝を進め、喰い下がった。

だが忠吾郎も仁左も、冷たい態度を崩さなかった。お店者である惣平を、修羅《しゅら》の場に連れて行くことはできないのだ。

このあとしばらくしてから、寄子宿の長屋で居間のようすをうかがっていた染谷と玄八とお仙らは、肩を落とし路地を出て行く惣平のうしろ姿を見た。

「やはり……のようでござんすね」

「そのようだ。そうあらねばならねえ」

玄八が言ったのへ染谷は返し、お仙もうなずいた。

居間では仁左が、

「せめて、気持ちはわかるが、とくらいは言ってやりたかったでやすねえ」

「いや。あくまでもわしらにその気はねえと思わせておかなきゃならねえ。惣平のためにもなあ」

忠吾郎は返した。

すぐだった。染谷、玄八、お仙、宇平が居間に呼ばれた。

「どうしたんですか。さっき惣平さん、来たときとは異なり、しょんぼり帰りましたけど」

と、お沙世も顔をそろえた。

「そのことだがなあ」

と、忠吾郎は、さきほどこの部屋で惣平が熱弁をふるった要点を披露《ひろう》した。

掛川藩江戸留守居役の切腹と財津弾之丞にも自裁の沙汰が下りるであろうことが、すでに広範囲に流布されているようだ。

「うわさは当然、財津屋敷にも入《へえ》っておりやしょうねえ。弾之丞め、おとなしく待っていやしょうか」

「人に対して非道《ひで》えやつに限って、自分には潔《いさぎよ》さが欠けるものでさあ」

玄八が言ったのを染谷が受け、仁左もそこにつないだ。

「おそらく命乞《ご》いをしたことでやしょう。したが、お城のお目付がいったん決めたことを変えるはずがねえ。ならばやっこさん、どうするかでさあ。まさか沙汰状を持った使者が来たとき、押入れや縁の下に隠れるわけにもいきやせんでしょう」

「それよ。その意味で、惣平はいい知らせを持って来てくれたのさ」

忠吾郎は言い、座の輪が縮まった。同時にそこは軍議の場となった。

策が論じられた。

やがて仁左が言った。

「猶予がありやせん。さっそくあっしが物見《ものみ》に。さあ、お沙世ちゃん」

「はいな」

お沙世も仁左につづき、勢いよく立った。ようやく出番がまわって来たのだ。

仁左は動きやすい職人姿で、街道に羅宇竹の音を立てた。前掛とたすきをはずした、町娘のお沙世が一緒である。

そのあとすぐだった。そば屋の屋台を担いだ玄八、竹馬の古着売りの宇平が街道に出た。遊び人姿の染谷が、

「内神田のお玉ケ池までは遠いぜ。替わってやろう」

と、ときおり竹馬の天秤棒《てんびんぼう》を自分の肩に移した。

そのうしろに、鉄製の長煙管を帯びた忠吾郎がつづき、お仙もいる。矢羽模様《やばね》の着物に帯をきちりと締めた、武家屋敷の腰元姿である。ふところには手裏剣が幾本か収まっている。

いずれもが急ぎ足になっていた。

六

羅宇屋の仁左と町娘のお沙世がお玉ケ池についたのは、陽が西の空にかたむきかけた時分だった。

二人がまず訪《おとな》いを入れたのは、となりの氷室屋敷の裏門だった。

出て来た中間《ちゅうげん》の留太《とめた》はふたたび仁左が来てお沙世も一緒なのを、

「えっ、どうして」

と、驚きながらもよろこんだ。相州屋の寄子であったとき、いろいろと親切にしてもらったのだ。

仁左はお沙世と一緒に裏門の内側にいざなわれ、ふたたび来た理由を述べた。留太の朋輩か、四十がらみの中間もそばで聞いている。

「おとなりさんの財津屋敷さ、なんだか大変なことになっているらしいなあ。わけは知らねえが、お家の存続も危ねえとか」

「そう、そのとおりだ」

四十がらみの中間が応え、留太もうなずいている。聞けば中間組頭《くみがしら》だった。

仁左はあらためて挨拶《あいさつ》し、話をつづけた。

「そんなところで煙管の脂取《やにと》りや羅宇竹のすげ替えもあるめえが、俺がいま相州屋の寄子宿にいることは、まえにも話したとおりでさあ。そこで新たな奉公先を探していなさる中間さんやお女中がいなすったら、相州屋の寄子宿《うち》に来ねえかと思ってよ。それでお沙世さんにも一緒に来てもらったのさ。忠吾郎旦那もあとでようすを見に来なさるのさ」

「おぉう、これは留太。相州屋たあ、いつかおめえの言ってたとおり、頼りになる人宿のようだぜ」

組頭は言い、さらにつづけた。

「そのとおりなんだ。ここ一両日、となりの財津屋敷は、殿さんになにか大きな不始末があったらしく、お家断絶とかで奉公人たちが連座《まきぞえ》を恐れ、つぎつぎと逃げ出しおってよ。奥方とお子も、もういなさらねえそうだ。いま残っているのは、よほど行き場のねえお人らばかりさ」

「まあ、そこまで進んでいたのですか」

お沙世が驚きの声を上げた。実際に驚いたのだ。仁左にとっても予想以上のことだった。

「そうなんだ」

組頭はつづけた。

「おめえさんらを、おとなりの同業に引き合わせよう。あそこの裏門の内側の門番詰所の横手が中間部屋でよ、ときどき遊びに行ったことがあるのよ。知った顔ばかりさ。女のお人も一緒なら、向こうのお女中衆も安心して相談に来ると思うぜ。おとなりの同業によろこんでもらえるかもしれねえ。おう、留太。ちょいと財津さまの裏門に行ってくらあ」

「へえ」

と、即座に動けるのも、組頭だからであろう。

仁左は留太に、忠吾郎が間もなく財津屋敷の裏門の近くに屋台のそば屋と一緒

に来て、

「俺とお沙世さんのつなぎを待つことになっている」

と、告げ、お沙世とともに組頭のあとにつづいた。

仁左はまえに三日つづけて財津屋敷の裏門に入り、門番詰所の横手の中間部屋にも入っている。

裏手からも、屋敷内が閑散とし、そのくせ落ち着きを失っているのが感じ取れる。先入観からではない。中間部屋にいた中間も顔見知りだったが、落ち着かない。行き場がないのだろう。その中間が仁左を懐かしがり、話はすぐにまとまった。母屋に走り、腰元を二人連れて来た。お沙世のいたのが効果を発揮したようだ。若い女がいなければ、腰元たちが中間部屋に来ることも話しこむこともあり得ない。

「俺もお役に立ててうれしいぜ」

氷室屋敷の中間組頭は言っていた。

外に出た。

屋台のそば屋と竹馬の古着売りが来て、財津屋敷の裏門を挟むように、すこし離れて店開きをしている。

屋台では忠吾郎と遊び人の染谷が来ており、留太も出て来て忠吾郎と懐かしそうにそばを手繰《たぐ》っていた。それを見て、

「おう、おうおう。あのお人かい、相州屋の旦那は」

と、組頭はそれを見ていっそう安堵したようだ。

竹馬では腰元姿のお仙が客になり、古着を物色している。

仁左は組頭を忠吾郎に引き合わせ、中間部屋での首尾を話した。

予想以上の財津屋敷の内部崩壊ぶりである。語る仁左も聞く忠吾郎、染谷に玄八も、内心の驚きを懸命に抑えている。そこに共通しているのは、

（算段の変更もあり得る）

その思いである。

算段とは、そば屋の屋台や古着の竹馬に来た中間や女中衆から、財津屋敷のおよそのようすを訊き取り、邸内に入った仁左とお沙世が弾之丞の在宅を確認し、夕刻に裏門から忍び込む間合いを探りだすというものであった。

もちろんそれは仕事の第一歩であり、忍び込むのは仁左、染谷、玄八の三人だった。忠吾郎と宇平がお仙、お沙世とともに竹馬と屋台を近くの町場に運び、そのあと忠吾郎とお仙が、助勢の必要となった場合に備え、屋敷の裏門付近に潜《ひそ》

む。お玉ケ池の武家地の周囲は町場であり、この策は立てやすかった。これを話し合ったとき、お沙世は自分も助っ人にと不満顔だったが、忠吾郎がなんとかなだめた。

邸内に忍び込んだ三人は、絵図を頼りに裏手の厠《かわや》の雨戸の外に潜み、誰かが手水《ちょうず》を使おうと雨戸を開けたところを襲い、弾之丞の寝所に案内させる。最初に手燭《てしょく》を手に雨戸を開けたのが弾之丞なら、

「――由井の沖合で沈んだ壱浜丸の霊のお導き……」

膝詰の場で誰からともなく声が出て、一同はうなずいたものである。望めないことではない。邸内に厠は幾カ所かあり、弾之丞の寝所に最も近い厠も見極め、潜む箇所もすでに決めている。最初に手燭の灯りに浮かぶ顔が弾之丞である可能性は、きわめて高い。

こうした場で物音を立てずに人を襲うのに、三人は慣れている。というより仁左などは、それを最も得意としているのだ。このときの武器といえば、染谷の脇差と、仁左と玄八のふところにある匕首《あいくち》のみである。そのほうが、秘かな動きには小まわりが利く。

策の変更というより、数段進めやすくなった。暗くなる寸前の火灯《ひとも》しごろに、

忠吾郎と仁左、それにお沙世が邸内の中間部屋に入ることになったのだ。お沙世は第一線に立つことになり、得意満面の表情になっている。

中間部屋で聞いたところでは、今宵、腰元が二人、中間が幾人か夜逃げをする。それを手引きするなかに、

――機を見いだし柔軟に
この新たな策が口に出さずとも、忠吾郎と仁左の脳裡《のうり》にめぐった。具体的にどうする。そこを柔軟に……である。

忠吾郎は碗を手に、氷室屋敷の中間組頭に言った。

「ありがてえ。場合が場合だから、どんな騒動が起こるか知れたものじゃねえ。おめえさんらに迷惑がかかっちゃいけねえ。おめえさんも留太も、屋敷の中で一切知らぬふりをしていてくんねえ」

「へ、へえ」

留太が緊張気味に返し、組頭などは、

「ますます気に入りやしたぜ。俺も相州屋さんの世話になりたくなった。さあ、留《とめ》よ。あとはこの旦那にお任せし、そばを喰ったら早々に引き揚げだ」

「へえ。この旦那は、そういうお人なんですよ」

留太は組頭へ得意気に言った。

裏門から腰元が二人、顔をのぞかせその光景を確かめるように、また頼もしそうに見つめていた。今宵夜逃げをする二人である。

碗を屋台に戻し、組頭と留太は引き揚げた。竹馬のすぐ横を通った。留太はお仙と宇平を知らない。留太はむろん、組頭もこの竹馬の古着売りと客の腰元が相州屋の者であることに、まったく気づいていないのだ。

七

火灯しごろになった。宇平の竹馬が近くの町場に移動し、玄八の屋台はその場に残った。新たな措置である。染谷とお仙が客になってつき添っている。

ならば忠吾郎と仁左とお沙世は……。

昼間の中間との打合せどおり、さきほど裏門内側の門番詰所から、中間部屋に入ったばかりである。今宵、屋敷を出る中間は、忠吾郎たちを手引きした門番を合わせて三人、腰元も一人増えて三人になった。それぞれに身のまわりの品を包んだか、風呂敷包みを手にしている。他に人影はない。

中間の一人がふてぶてしく、

「へへん。あとはご用人さんや若党さんらばかりでさあ。あしたから庭掃除もめし炊きもいねえ。いい気味だぜ」

「そう。このお屋敷に、あすはもうないとも聞いておりますゆえ」

腰元が一人、つなぐように言った。新たに加わった腰元だった。あとの中間と門番と腰元二人は屋敷を抜け出すうしろめたさがあるのか、緊張気味で無口だった。部屋は灯りをつけず、薄暗かった。仁左がふてぶてしく言った中間に気づいた。

「おめえ、それは！」

衣類と思われる風呂敷包みから短刀の柄《つか》が見えた。持っていても不思議ではない。だが仁左がわざわざ声をかけたのは、凝《こ》った造りだったからだ。柄がこうであれば、中身は相応の業物《わざもの》と思える。

「これ、木《ぼく》、木刀でさあ」

「おまえ、その短刀、若さまの元服に、殿があつらえなすった……」

もう一人の中間の言葉に、

「いいじゃねえか。行きがけの駄賃《だちん》だ」

つぎの刹那《せつな》、なにやらが風を切る音に、

――バシッ

「うぐっ」

鉄製の長煙管がその中間の首根っこをしたたかに打っていた。打たれた中間は突然の激痛に風呂敷包みを落とし、うめき声とともに首根っこを押さえ、その場にうずくまった。

「おめえは連れて行けねえぜ。その業物を置いて、さっさと勝手に出て行け」

忠吾郎が言うなり、仁左が素早く風呂敷包みから短刀を抜き取った。さらにその短刀を抜き、切っ先を中間のほおに当てた。薄暗いなかにも刃《やいば》の不気味さから、逸品であることが感じ取れる。

長煙管のうなりから、ほんの一瞬の出来事だった。

「ううっ」

その勢いに圧倒されたか、不逞《ふてい》の中間はうめくのみだった。

逃げ出す者が盗《ぬす》っ人《と》になる……。向後を世話しようとする忠吾郎が、最も注意していたところである。

「こんな不心得者、ほかにはいねえだろうなあ」

凄《すご》みのある太い声に、ひときわ大きな風呂敷包みを抱えていた腰元が、思わずあとずさりした。さきほど不逞中間に言葉をつないだ腰元だった。

「えっ、あなたも！」

朋輩の腰元が言ったのと同時だった。

「あっ」

声はお沙世だ。

仁左が抜き身の短刀の切っ先を、中間のほおから大きな風呂敷包みの結び目に一閃《いっせん》させた。仁左の腕か短刀が業物のせいか、切れ味はよかった。腰元の手元から衣類が板敷きにこぼれ落ちた。

もう一人の腰元が言った。

「あっ、それ、奥さまの小袖《こそで》と打掛《うちかけ》！」

「いいじゃないの、これくらい。奥方さまが置いて行ったものだからっ」

言われた腰元はしゃがみこんで衣類をかき集めた。

忠吾郎がまた言った。

「おめえも連れて行けねえな。盗み出した物は置いて、どこへでもさっさと立ち去れ」

「みんなわたくしの、わたくしの物ですっ」

抗《あらが》おうとうずくまる腰元の下からお沙世が、

「さあっ」

と、さきほどの小袖と打掛を引っぱり出した。

行きがけの駄賃とばかりに、盗み出した品はほかにもあろうが、いちいち調べている余裕はない。物音が外に洩れてはならないのだ。

このあとすぐだった。かたちのくずれた風呂敷包みをかき抱《いだ》くように、中間一人と腰元一人が裏門の潜《くぐ》り戸《ど》から出て来た。抜き身の短刀を手にした仁左が追い立てている。

その異常さに走り寄った染谷が、

「これはいってえ！」

「こいつらは連れて行けねえやつらだ。さあ、どこへでもさっさと失《う》せやがれ」

仁左が言ったのへ中間と腰元は、

「くそーっ」

「いいですようっ」

捨て台詞《ぜりふ》のように吐いた。

染谷につづいて走り寄った玄八も、

「なるほど、そういうことですかい」

と、即座に事態を解した。

忠吾郎とおなじく、染谷と玄八も憂慮していたことである。お家断絶になった屋敷に不逞の輩《やから》が押しかけ、残った家財を略奪するのは珍しくない。奉行所と目付の支配違いの間隙《かんげき》を縫った悪徳行為である。

一帯からはすでに残っていた薄明かりは去っている。

捨て台詞の二人は、その暗さのなかに消えた。

いまある灯りは、屋台にぶら下がった一帳《ひとはり》の提灯《ちょうちん》のみである。

「とんだ出来事《しゅったいじ》だったぜ。まあ、予想されんことでもなかったがよ」

仁左は言うと、

「さあ、出て来なせえ」

潜り戸に声をかけた。お仙は裏門の物陰に身を隠している。染谷もすかさず暗やみに隠れた。

潜り戸からお沙世を先頭に、中間二人と腰元二人が出て来た。最後に忠吾郎が用心深く門内の気配を窺《うかが》いながら姿を見せた。玄八はすでに屋台へ戻っていた。

忠吾郎が中間と腰元たち四人に言った。

「さあ、あそこの屋台について行きねえ。この姉さんと一緒に、田町の札ノ辻までだ。わしはこの羅宇屋と一緒に、屋敷に騒ぎの起こらねえことを確かめ、あとを追うからよう」

仁左の道具箱は、中間の一人が背負った。

「さあ、来なせえ」

老けづくりの玄八が低い声をかけた。

「お願いいたしまする」

「よろしゅう。助かりやす」

腰元と中間たちは交互に言うと、

「さあ」

お沙世にうながされ、屋台に駈け寄った。

屋台の提灯が動き出した。

忠吾郎と仁左の見守るなかに、提灯の灯りは角を曲がり、見えなくなった。このあと一行は町場で竹馬の宇平と落ち合い、帰途につくことになっている。となりの屋敷では、中間組頭と留太が外を気にしながらまだ起きていようか。だが、律儀に姿は見せなかった。

財津屋敷の裏門では、闇から染谷とお仙が出て来て忠吾郎たちとうなずきを交わすなり、四人そろって素早く潜り戸を入り、内側から閉めた。

打込みの顔ぶれに、玄八とお仙が入れ替わっている。

夜逃げの手助けは、当初の算段に入っていなかった。これから日本橋を経て、田町の札ノ辻まで帰るのだ。そば屋に古着屋、羅宇屋の道具箱を背負った中間、武家の腰元に町娘と、異様な組合せである。どこでどう誰何《すいか》されるかわからない。玄八のふところには匕首のほかに、遠州へ行くときに預かった房なしの十手《じって》がまだ入っている。夜の街道に、それが必要なのだ。

これが機に臨《のぞ》んだ新たな策だった。

これから相州屋にいざない、寄子となる中間と腰元四人には、相州屋はあくまで市井《しせい》の人宿であらねばならない。まして世直しの仇討ちまでする一群と知られては、向後の相州屋の本業である口入れ稼業が、円滑にできなくなる。

四人の中間と腰元が屋敷を離れるとき、お仙と染谷が身を暗やみに隠し、存在を消したのはそのためだった。

八

さきほどまで見えていた人影も闇に沈み、いまは息遣いのみで相手の気配を確認しなければならなくなっている。表門の門番詰所や中間部屋では、まだ残っている者もいるだろうが、ここ裏門はさきほどの出入りを最後に、人の気配は忠吾郎、仁左、染谷、お仙の四人のみとなっていた。

「武家とは所詮《しょせん》、構えは厳《おごそ》かでも中身はこのとおりだ」

「いや。母屋のほうには、まだ用人や若党らが幾人か残っておりやしょう」

忠吾郎が言ったのへ、染谷が武家をいくらか擁護《ようご》するように返した。

仁左も言った。

「残っているのは、行き場のない者ばかりだろうよ」

「そりゃあそうでしょうが、弾之丞が行き場のないまま、おとなしく柳営より死を賜《たま》わるのを待っていましょうか」

お仙が返した。

死を賜わるとは、お上《かみ》に裁かれ断罪されるのではなく、自《みず》からを潔《きよ》く律《りっ》する機会を与えられるということである。

「待っていましょうかとは、どういう意味でえ」

「財津弾之丞が、どこまで武士の矜持《きょうじ》を持っているかです」

仁左が問い返したのへお仙は応えた。

いま闇に気配のみを示し合っている四人は、思えばいずれも武家なのだ。忠吾郎には〝元〟がつくが、その忠吾郎がこの場をしめくくるように言った。

「もうすぐそれがわかろうよ。さあ、行くぞ」

四人の気配が動いた。

打掛と小袖を戻そうにも、元の場所がわからない。仕方なく中間部屋に残し、業物の短刀は仁左が匕首を呑んだふところに収めた。

外に出れば、淡い月明かりに人の影のみがうっすらと見える。

裏庭を母屋に近づいた。四人とも絵図を脳裡に慥《しか》と収めている。先頭は仁左である。こうした場面に最も慣れているのは、隠れ徒目付の仁左であり、次は伊賀《いが》者《もの》に武術の手ほどきを受けたお仙であろうか。染谷も隠密廻り同心なら、似た場面は幾度か経験していよう。忠吾郎は渡世人を張っていたころの、闇討ちなどの場面を思い起こしていようか。

足音を消し、手さぐりで進む。

絵図に間違いはなかった。裏庭の奥に、さらに裏庭がある。かすかに厠《かわや》の気配がする。廊下もあって雨戸が閉まっている。仁左は近づき、耳をあてた。

「よし」

息だけの声を出した。染谷が言ったとおり、人の気配がある。

手水の場所を確かめ、その近くに四人は片膝を立て、待機の姿勢に入った。

こうしたとき、まだかまだかと思えば、かえって時間を長く感じ、焦りも生じる。最善の策は、ただ待つのみである。

(ほっ)

一同は雨戸の内側に気配を感じ、息を殺した。

(ん?)

気配は一人ではない。二人か、いや、三人か。

内容までは聞き取れないが、話し声が聞こえてきた。

厠に向かっているのではない。

「おっ」

仁左が、息だけの声を吐いた。

一同は息を合わせたか、一斉に即応態勢のまま、向きだけを変えた。

厠から離れた雨戸が動き、灯りが外に洩れたのだ。

一同のすぐ目の前である。

提灯を手にした武士が一人、庭に飛び下り、

「さあ、殿。早く」

「おう」

また一人、廊下でわらじの紐《ひも》を結んでいたようだ。

さらにもう一人、提灯を手にした武士が出て来た。

いずれの武士も、おなじ裏庭に複数の者が潜んでいるなど、まったく気づいていない。気づこうとしないのか、注意をすべて足元にそそいでいる。さらに聞こえた。

「殿、ご安堵を。気づかれておりませぬ」

最後に出て来た武士は言い、外からそっと雨戸を閉めた。提灯二張《ふたはり》の灯りがそこに浮かび、影は三つ。いずれも二本差で袴の股立《ももだ》ちを取り、羽織を着こんでいる。提灯を手にしていない武士が〝殿〟と称《よ》ばれ、

（財津弾之丞！）

視線の先に展開される異様な光景に、

（逃亡⁉）

四人の脳裡に走った。切腹の沙汰をおとなしく〝待っていましょうか〟とのお仙の懸念は、当たっていたようだ。

「さあ」

最初に出て来た武士が、提灯を裏門のほうにかざした。その者の面相が、灯りに浮かんだ。

（あっ）

仁左は胸中にうめいた。さった峠で〝逃《のが》さんぞっ〟と叫び、刀を抜き岸壁の往還に踏込んで来た武士だったのだ。

掛川の城下の川原で、庄造を殺害しようとした武士のなかに、

「――財津家の者がおりました」

庄造は言っていた。

（こやつか！）

思ったとき、仁左の身は地を蹴り提灯の灯りに飛翔《ひしょう》していた。衝動ではない。この者たちに追い立てられ、庄造はお栄をかき抱き荒波に身を投じたのだ。

「おおっ」

突然のことに染谷は声を洩らし、提灯の灯りのなかの三人は、突如出現した黒い影に、声を上げる余裕さえなかった。

黒い影は武士の身に触れたか脇をかすめただけか、瞬時に逆方向の闇に消えていた。

武士は提灯を落とし、その場に崩れ落ちた。提灯は燃え上がった。その灯りに、武士の心ノ臓に匕首の深く刺し込まれているのが見えた。血がじわじわとにじみ出している。

「おおっ」

「これはっ」

灯りのなかに残された二人はようやく声を洩らし、さらに影のにじみ出た一角に、新たな気配も感じ取った。一人は左手で提灯を突き出し、右手を大刀の柄にかけた。みずからの身を灯りに浮かび上がらせ、お仙の格好《かっこう》の標的となった。戦いはすでに始まっているのだ。

「えいっ」

手裏剣を一打、

「うっ」

命中した。胸のあたりか。だが、致命傷にはならない。二打、腰のあたりか。武士は提灯を落とし、それでも刀を抜きかけた。

染谷が飛び込み、脇差で抜き打ちをかけた。胴に入った。感触は深かった。お仙は腕のわからない対手の力を削《そ》ぎ、脇差の染谷に抜き打ちをかける機会をつくったのだ。

「ううううっ」

その身は燃え上がる提灯のわきに崩れ込んだ。心ノ臓に匕首を突き立てられた武士に倍する血が流れ出た。

一人残った武士は一歩跳び下がり、刀に手をかけるのと同時だった。跳び出た忠吾郎の長煙管が風を切り、

――グキッ

刀にかけた右手首に音を立てた。骨を砕いたようだ。

痛さと恐怖のせいか、武士は雨戸を背に左手で右手首を押さえ、うめき声すら出せない。背には雨戸、前面には女も混じった四つの影。その背後で提灯がまだ燃えている。

「財津弾之丞であるな」

仁左が業物の短刀を抜き、武家言葉で質《ただ》した。弾之丞は突きつけられた刃《やいば》が、屋敷の物であることに気づいていない。無理もない。恐怖に包まれたうえ、抜き身の短刀は人の陰になっているのだ。

「な、何者！」

仁左の武家言葉に応じたか、返した問いが弾之丞であることを示している。

『由井の浜より、死者の霊と思え』

仁左が言おうとしたとき、雨戸の内側に人の足音が立った。一人ではない。慌《あわ》ただしい。屋内に残っていた者が、裏庭の物音に気づいたようだ。

「仁左、殺《や》れ！」

「へいっ」

町衆言葉に戻り、仁左は抜き身を手にしたまま踏込み、

「ぎぇっ」

声は弾之丞である。

仁左は業物の切っ先が背に抜けるほどの感触を得た。

手を放し、飛び退《の》いた。雨戸にもたれかかった弾之丞はずるずると崩れ落ち、

鞘《さや》が戸板に音を立てた。

「おっ、こっちだぞ」

内側からの声が聞こえた。

「退《ひ》くぞ」

「はいっ」

返事はお仙だった。仁左の動きに呼応し、脇差の染谷に飛び込む機会をつくったのは大手柄である。弾之丞はお家の業物を腹に深く呑んだまま、すでに果てている。

地に提灯の火がまだ燃え残っている。

内側から雨戸がけたたましい音とともに蹴破られたのと、四人の影が裏庭の角に消えたのは同時だった。

あとは闇のなかに、さきほど来た道順を踏むのみである。

裏門にたどり着いた。無人である。

門外に出た。

追っ手の気配はない。

ひと息つき、忠吾郎は言った。

「仁左よ。武士の情けかい」

「いや。業物を母屋に戻せればと思っただけでさあ」

「ふふふ。雨戸を蹴破った財津の家来ども、あるじがお家の短刀で自害したと思いやすぜ」

「したが、あと二つの死体の説明がつきませぬ」

染谷が言ったのへ、お仙が返した。息を乱していないのは、さすがに武術の心得がある武家娘である。

「そいつは、お目付が判断しようかい。さあ」

闇のなかに忠吾郎が帰りをうながした。

すかさず染谷が言った。

「あっし、これから帰《けえ》るところがありやすので」

「あっしもで。お得意さんのお家が近《ちけ》えもんで。ちょいとそのほうへ」

仁左も待っていたように言った。

「えぇえ、これからですか」

「おおう、行って来い、行って来い」

お仙は驚いたようだが、忠吾郎は染谷と仁左にこのあと重要な役務のあるのを解している。

二人の姿は、異なる方向に消えた。

忠吾郎とお仙も急いだ。今宵から相州屋の寄子になる中間二人と腰元二人には、屋敷に騒動が起こらぬか確かめるだけで、すぐ帰ると言ったのだ。あまりあいだを開けることはできない。

とっくに人気《ひとけ》の絶えている神田の大通りから日本橋に向かい、町駕籠を二挺《ちょう》拾い、

「酒手《さかて》ははずむぞ」

急がせた。

九

翌朝、おクマとおトラが、

「あんれ、きのう夜中になんだか騒々《そうぞう》しいと思ったら」

「きれいな娘さんに生きのいい若い衆が二人ずつ」

と、井戸端で目を丸くしていた。

武家屋敷の中間と腰元だと聞き、江戸暮らしの厳しさを指南できないのがいささか不満そうだった。

番頭の正之助は言っていた。

「お女中や中間の奉公人を頼まれている武家屋敷が数軒あります」

夜中にいずれかから帰って来た仁左は、自分の部屋でまだ寝ていた。

内神田のお玉ケ池ではこの日、日の出とともに目付の青山欽之庄は配下の徒目付十数人を財津屋敷に踏込ませ、残っていた者を拘束するとともに外部との連絡を遮断した。青山自身も屋敷に入ったが、いかように処置しているか外からは窺い知れない。

北町奉行所もお城の目付に合わせたか、出たばかりの陽光を受けながら定町廻り同心に率いられた六尺棒の捕方たちが武家地と町場の境に出張り、略奪など不《ふ》逞《てい》の事態に備えた。

遊び人姿の染谷が相州屋に来て、

「屋敷になにやら騒ぎがあったにしちゃあ、一帯はこれ以上の平穏はねえといったような静まりようでさあ。町場の者は、武家地になにがあったのかも知らねえようで。いま、玄八が近くに屋台を出しておりやすので」

と、裏庭に面した居間の縁側で語ったのは、その日の午《ひる》すこし前だった。

「あー、よう寝たわい」

と、起きたばかりの仁左もそこにいた。さきほど井戸端で顔を洗ったばかりで、濡れた手拭《てぬぐい》を肩にかけている。

「お奉行はお城のお目付に合わせたわけじゃござんせんが、屋敷の内と外にうまく棲《す》み分けて、どちらにも支配違いの揉《も》め事は起きていねえようで」

「そりゃあ、お目付も報《しら》せを受けるなり、夜のうちに町方に気を配りながら、うまく手配したんじゃねえのかい」

染谷の言葉に忠吾郎がつなぎ、二人の視線は自然、仁左に向けられた。

仁左は応じるように言った。

「そうでやしょうかねえ。まあ、よかったじゃねえですかい。あっしはお得意さんのお家で仕事の相談をしながら、ちょいと茶漬けに与《あず》かっただけでやすがね」

夜中に得意先を訪ねて〝仕事の相談〟など不自然きわまりないが、忠吾郎も染谷も得心したようにうなずき、深く質すことはなかった。

午後にはお沙世が顔を出し、

「あらあら、仁左さん。寄子に若い女が二人も増えて、鼻の下、長くしっぱなしじゃないですか」

なかばからかい、焼き餅も混じっていようか、笑いながら言っていた。

その〝若い女〟二人にとってお沙世は、忠吾郎と仁左、それに宇平、玄八と一緒に、屋敷まで迎えに来てくれた人なのだ。それが相州屋の奉公人ではなく、向かいの茶店の看板娘だと知って驚き、朝から恩返しにと茶店の仕事を手伝っている。中間二人も茶店の掃除や薪割りに励んでいた。祖父母の久蔵とおウメは大よろこびである。

昨夜、忠吾郎とお仙が帰って来たのは、駕籠をすぐに拾えたのが奏効《そうこう》したか、お沙世らの一行が寄子宿に入ってから、さほどの時を経ていなかった。四人の新たな寄子は、むろんお仙が財津屋敷に入っていたことは気づいておらず、それが相州屋で話題になることもなかった。屋台の玄八は、四人を相州屋に送り届けると、夜中というのにいずれかへ帰ってしまった。朝みんなと井戸端に出れば、老けづくりがわかってしまうかもしれないのだ。

四人の新たな寄子たちにとって相州屋は、あくまでも市井《しせい》の親切な人宿の一つなのだ。番頭の正之助は言ったとおり、さっそくきょうから武家屋敷まわりを始めている。

さらに一夜が明けた。内神田のほうから、武家地で打込みはむろん、お家断絶による略奪があったなどのうわさは伝わって来ない。あればたちまち江戸中に伝搬《でんぱん》するはずである。

この日の午過《ひるす》ぎ、金杉橋の浜久に、榊原忠之と相州屋忠吾郎の姿があった。二人だけで、あえて仁左と染谷は呼んでいなかった。

いつもの昼八ツ（およそ午後二時）を、いくらか過ぎた時分である。

「兄者《あにじや》よ、聞きてえぜ。柳営（幕府）は大丈夫かい。腐ったところに蓋《ふた》をしただけでよ。膿《うみ》がたまるばかりじゃねえのかい」

「ふふふ、忠次《ただつぐ》、いや、忠吾郎よ。それを儂《わし》に言わせるな」

忠吾郎が言ったのへ、忠之は苦笑しながら応えた。

財津弾之丞は乱心により、家臣と揉み合い誤って短刀で腹を刺し、諫《いさ》めようとした家臣二人が巻き添えで死去……と、目付の青山欽之庄は処理したのだった。屋敷に残っていた者は、軽重《けいちょう》はあるがそれぞれにお咎《とが》めを受けるようだ。

忠之は言った。

「お城でお目付から聞いたのだが、腹を刺した短刀は相応の業物らしく、自裁ではなく〝誤って〟としたところを評価せい、と」

「あははは」

忠吾郎はまた嗤《わら》い、

「要職にあった旗本が、切腹を恐れて逃げ出そうとしたなど、柳営にとっちゃみっともなくておもてには出せねえだろうからなあ」

弾之丞よりも柳営を揶揄《やゆ》するように言った。

忠之はまた苦笑し、

「奉行所は町場に火の粉がかかるのを防いだだけで、あとは支配違いだ」

「まあ、染谷どんと玄八を出してくれたのはありがたかったぜ。したが、わしはお上《かみ》のために影走りをしたんじゃねえ。世の中、軽い悪戯《わるさ》なら許せようが、こたびの件は見過ごせねえ。仁左もお仙も、その思いで打込んだのさ。お沙世や宇平たちも、ようやってくれた」

「ふむ。ふふふ」

忠之はうなずくと不敵に苦笑し、

「儂もその思いから、染谷と玄八を出したのだ。そうそう、こたびも功労第一の仁左だが、まだみずから素性《すじょう》は明かさぬか」

「明かさねえ。明かしゃ〝隠れ〟ではのうなり、向後の役務に支障を来たすゆえなあ。もっとも、当人は、わしや染谷がすでに気づいていることに、勘づいているようだが」

「ふむ。目付の青山欽之庄どのは、いい配下を持たれたものよ」

「兄者もな。染谷や玄八さ」

仁左はきょうも町場や武家地に羅宇竹の音を響かせ、染谷は遊び人姿でそば屋の玄八を差配し、いずれかの役務に就いている。

帰り、忠吾郎は金杉通りをながしていたおクマとおトラに出会った。

「あら、旦那。さっきおカツさんの長屋を見て来たのさ。ひと安心さね」

「ほう、どのように」

立ち止まり、太めで丸顔のおクマが言ったのへ忠吾郎は問い返し、細めで面長のおトラが応えた。

「きのうあたり、落ち着きを取り戻していたので、これからのこともあるだろうから、蠟燭《ろうそく》の流れ買いか付木《つけぎ》売りをやらないかと勧《すす》めたのさ。それならあたしらで指南できるからさあ」

「ほう。それでどうだった」

「やろうかなって」

おクマがホッとした表情で言った。

「おっと、危ねえ」

忠吾郎がおクマとおトラの背に手をあて、街道のすみのほうへ押した。三人の立ち話をしているすぐ脇を、車輪の音に土ぼこりを巻き上げた大八車が走り過ぎて行った。街道は夕刻近くの慌ただしさを見せはじめている。

いずれからか羅宇竹の音が聞こえて来た。

文政三年（一八二〇）も弥生《やよい》（三月）の中旬になっていた。

一〇〇字書評

闇奉行　火焔の舟

切・り・取・り・線

購買動機（新聞、雑誌名を記入するか、あるいは○をつけてください）

□（　　　　　　　　　　）の広告を見て	
□（　　　　　　　　　　）の書評を見て	
□ 知人のすすめで	□ タイトルに惹かれて
□ カバーが良かったから	□ 内容が面白そうだから
□ 好きな作家だから	□ 好きな分野の本だから

・最近、最も感銘を受けた作品名をお書き下さい

・あなたのお好きな作家名をお書き下さい

・その他、ご要望がありましたらお書き下さい

住所	〒				
氏名		職業		年齢	
Eメール	※携帯には配信できません	新刊情報等のメール配信を 希望する・しない			

この本の感想を、編集部までお寄せいただけたらありがたく存じます。今後の企画の参考にさせていただきます。Eメールでも結構です。

いただいた「一〇〇字書評」は、新聞・雑誌等に紹介させていただくことがあります。その場合はお礼として特製図書カードを差し上げます。

前ページの原稿用紙に書評をお書きの上、切り取り、左記までお送り下さい。宛先の住所は不要です。

なお、ご記入いただいたお名前、ご住所等は、書評紹介の事前了解、謝礼のお届けのためだけに利用し、そのほかの目的のために利用することはありません。

〒一〇一‐八七〇一
祥伝社文庫編集長 坂口芳和
電話　〇三（三二六五）二〇八〇

祥伝社ホームページの「ブックレビュー」からも、書き込めます。
http://www.shodensha.co.jp/bookreview/

祥伝社文庫

闇《やみ》奉行《ぶぎょう》　火焔《かえん》の舟《ふね》

平成31年 2 月 20 日　初版第 1 刷発行

著　者　喜安幸夫《きやすゆきお》

発行者　辻　浩明

発行所　祥伝社《しょうでんしゃ》

東京都千代田区神田神保町 3-3
〒101-8701
電話　03（3265）2081（販売部）
電話　03（3265）2080（編集部）
電話　03（3265）3622（業務部）
http://www.shodensha.co.jp/

印刷所　萩原印刷
製本所　ナショナル製本
カバーフォーマットデザイン　中原達治

Printed in Japan ©2019, Yukio Kiyasu ISBN978-4-396-34498-6 C0193